暗处的蜜

武放 著

陕西新华出版

太白文艺出版社·西安

图书在版编目（CIP）数据

暗处的蜜 / 武放著. -- 西安 ： 太白文艺出版社，
2024. 4
  ISBN 978-7-5513-2599-8

  Ⅰ. ①暗… Ⅱ. ①武… Ⅲ. ①诗集－中国－当代
Ⅳ. ① I227

中国国家版本馆 CIP 数据核字 (2024) 第 068814 号

暗处的蜜
ANCHU DE MI

作　　者　武　放
责任编辑　何音旋
封面设计　李　李
版式设计　宁　萌
出版发行　太白文艺出版社
经　　销　新华书店
印　　刷　四川科德彩色数码科技有限公司
开　　本　880mm×1230mm 1/32
字　　数　194 千字
印　　张　7.75
版　　次　2024 年 4 月第 1 版
印　　次　2024 年 4 月第 1 次印刷
书　　号　ISBN 978-7-5513-2599-8
定　　价　88.00 元

所有这些精致的瓮都盛有凤凰的骨灰。

——〔美〕克林斯·布鲁克斯

序

消失的星辰

——武放非个人化的"我思"经验及其对决

刘阶耳（山西师范大学副教授、学者、批评家）

　　读武放的诗我还是觉得吃力。人生襟怀的披沥还要借助诗题，抑或相应的注解才能明白，至于意兴沉吟的流向，更需要深入体会了。如记叙初恋、祭奠祖父、和诗人的交往、郑州的那场暴雨，等等。他的大部分诗作中，现实悲催的刺激未曾将之抛到情绪的极点，反而尽力回缩，实在压制不住时，往往由相近的句式作排比式的定点释放，飘忽、疏狂，如一汪清流淙淙，一缕丝竹泠泠，艾艾间萃取芬芳，渊渟岳峙，矫矫不群。笔者冒昧，择取一端，寸指测渊，为武放发散意兴的诗路行踪志忑致意；若是荦荦大者，行藏舍用，曲尽变化，对进一步理解武放的话语表述，笔者以为仍大有必要。

　　正如"许浑千首湿，杜甫一生愁"，武放诉诸"身体"，放眼万象，无所不在；直接应对，是不是更宜选择呢？有鉴于武放风格化言述习惯，一如前述，适于感叹的排比修辞的局部凸现和主旨切近的"高频词"屡屡摄入，如果作总体性的关联思考，将武放的"身体"言述置入已有的欲望消费的话语圈，则显得格格不入。波德里亚在《象征交换与死亡》中关于"身体"的论述，举"脱衣舞"的例子，阐述"被诱导的自恋"——皮肤作为二级"裸体"，与表演者目光空洞、旁若无人的走势相对照，窥视者的凝视反应被纳入戏剧化的考量，其中提及的"身体"完全符号化的进路无疑更具启发性。"脱衣舞"的服饰上的那根丝线（长袜曲线），和"能指"与"所指"间的那道"/"（分隔符）功能相当。足以和现实等价的"象征"仪式化的符号，是多么意味深长啊！在武放掠取"身体"额外馈赠的意兴里，究竟纠结着多少其话语"会饮"不胜唏嘘的"凄凉"（这也是武放诗中的高频词）？或者说，哪个"/"（分隔符）如何狂野施为，与压榨武放迫于言说的意兴相"同谋"，则不单单是武放个人化、风格化攻城略寨、进退自如的津要，更牵涉着诗所哀恤的抒情的大义。宋人朱敦儒《鹧鸪天·西都作》有云："玉楼金阙慵归去，且插梅花醉洛阳。"时韵板荡，寄慨率真，乃由词人一开始"身份"自明所致：

我是清都山水郎，
天教分付与疏狂。

揆诸武放极具挑战的"自我"应对的抒情，作以下的解读，不避恒钉，聊解近渴，武放兄意下如何，然否？就不复顾虑了。

放下身段，哀恤抒情

《他的来与去》未必是武放抒情诗的极品，可它如是"哀悼"一位诗人的"仙逝"：

他的去如他的来

如此跳跃，如此诧异

距离在遥远之间

始终保持着多余的警惕

我深为感动。它，宅兹友爱，情怀仁厚；所谓"君子周而不比"（《论语·为政》），所谓"鸿雁于飞，肃肃其羽"（《诗经·鸿雁》），固不待言。它入笔平缓，先以惊闻噩耗时哀悼者将信将疑的第一反应为机杼，再进一层地侧面透露承受生命偶然变故的"诗人之死"的事实真相：

他洒脱地走了

简捷、寂静，如他的诗

完成了自我神秘的使命

毫无留恋

如此坦然地将自身隐去

常见的毛泽东式的"我失骄杨君失柳，杨柳轻飏直上重霄九"

浪漫追思的情调，抑或鲁迅式的"何期泪洒江南雨，又为斯民哭健儿"之"释愤抒情"，表达路径为是改变了。因为哀悼者尽力地平息内心的波澜，回避"戏剧化"的渲染，反而化悲怆为平静、含蓄、节制。"痛定思痛，痛何如哉？"毕竟也具有诗学上的感情偏至的实效。

诗的第三层略显压抑，将信将疑的反应又得到了跟进，但不限于感伤、哀痛情绪的逸散，甚或有所抵触，哀恤意向当在"诗人何为"的抒情担承上得到回应，获得共鸣。"大地如此洁白 / 了无痕迹 / 他走过？他走了？ / 这回声恰似卑微的凄凉 / 多余的喧嚣与燃烧 / 空余这孤独的天宇"，此处形容词"多余"再次出现，与此前的两个"如"字形成的比喻修辞，牵动着文本怅然慷慨"哀恤"意向的深层变荡：

> 他批评着他者
>
> 他者又批评着他
>
> 循环的语言悄然埋下伏笔

"他"及（存在的）"他者"交互"批评"，乃主体间寓形宇内、载欣载奔的精神"共同体"的愿景所在，乃"诗和远方"幸福的承诺。但"批评"截然否定性的意指，又何尝不是哀悼者深切的自悼，俗谓"化悲痛为力量"的意志感奋，所以得以如是期许：

等待着吧

我们一定会再次相遇

欢乐和温馨的他界

诗之光照耀永恒的山谷

　　一场"哀悼"，是"咏怀"，更似"言志"。如果说"欢乐和温馨的他界"，乃"诗与远方"的愿景，他者否定性互动推进的哀恸意向，迥非"多余的"畅快淋漓，也不止"回声"卑微，毕竟"诗人何为"所践行的"神秘使命"遥遥无期。从这个角度讲，武放的《他的来与去》仿佛是对戴望舒的《萧红墓畔口占》——"我等待着，长夜漫漫，你却卧听着海涛闲话"幽渺神韵的无意追摄，抑或兼含着瓦雷里的《海滨墓园》——"多好的酬劳啊，经过了一番深思，终得以放眼远眺神明的宁静"矜持的回声。《他的来与去》中的"他"含指谓关系，因此就显得意味深长了。对于武放而言，他的慨叹不过是现代版的《归去来兮辞》。

　　总之，武放的诗不拘神会，意兴散逸，来去恍惚，任诞，却不装腔，通脱，端赖多样诗学资源的"综合"妙用。举其大要而言之，他适如其愿缔结的抒情，似"隐藏的喧嚣"(《疯狂》)、"压紧风干的嘴唇"(《传说》)、"持续而又尖锐的旋转"(《舌》)、"在纯粹的火焰中燃尽"(《我的诗》)，恰恰正如以上所述的追思路径，武放无非"始终保持着多余的警惕"。

　　把自我保持在"他者化"的处境，且令"非我"之"我"

去中心化（"如此坦然地将自身隐去"），那般无奈，犹如（武放最喜爱这个比喻词）"这孤独的天宇"，哀恤的境遇多多，豪横的资本严正，无论"咏怀"，还是"言志"，越卑微越喧嚣，边凄凉边燃烧，皆非基于榨取、索要、觊觎的额外回报，乃是来来去去的徒劳，交往短路所致的无限倾斜，似有限的盈溢带动了远近之间"距离"的交会，神会受阻的窒碍，性情无以寄托的修罗场，"词"与"物"被迫更新配置，多矛盾性修辞的奇异拼接，宜当此虚无的绝望认知的反义领会。

解读武放，就是忍受他"如此跳跃，如此诧异"的思想，否则他的"快乐和温馨的他界"无从跳跃、振荡；他的诗每每引发诧异，如"踏碎晨露般的幻影"（《你走来》）、"低于悲伤的额头"（《往事》）等。

倾向于明了孤独的代价的梦想

不过十行的《童年》——

多少年，跟着影子
踏过金黄的麦地
夏天薄雨骤至
灌满那些嘴和脸
夜太深

如蚊子的身体

纠缠着黑

时间过于滚烫

灼伤了风的手掌

我们消逝，如白昼降下去

感情"忆旧"，一如武放《他的来与去》，犹在四个层面上撑开它的结构和主旨。开篇四行，分两层，可日常图景影影绰绰，不确定，也就是说，初始化的话语述行意向局部再清晰，也掩盖不住其总体性联动的含混。"多少年"，为一例：是指孩提时代经历的年年岁岁，还是指自孩提以来成长的风风雨雨？若一概而论，可被理解的感情蕴含势必水火不容，"此情只可成追忆，只是当时已惘然"，李商隐的喟叹尽可印证这一点。

"那些"紧随其后，更是语焉不详。

夏天丰沛的降雨量，是不能用"薄"来形容的，"骤至"倒是恰如其分；因是形成的表述介于意愿申述与事实眷顾矛盾性的情感激活反应之中，承受者除了"影子"，还有"麦子"，所谓的"嘴和脸"，又如何兼顾有形的实体与虚像呢？

在《他的来与去》中，武放可以放下身段，预防感情进一步"戏剧化"，将普泛的友爱伦理打造得格外诚恳，不致感伤泛滥，哀恤抒情的方略，所以就自我"他者化"的反向追思中，提升了抒情的质量和美感，戚戚然，反而接近"元诗"述行的气度，极澹荡。《童年》初始化的日常图景配置，含混而清晰，想必另有理由。

巴什拉《梦想的诗学》（刘自强译，三联书店，1996年出版）将个体的童年记忆积累，与人类沉湎的童年，乃至宇宙的童年串通到一起，"我们的童年是人类童年的见证，是那被生活的光辉触及的存在的见证"。然后追寻诗的梦想源头，认为"形象不能为概念提供素材"，"概念和形象之间不存在任何合题的"，"当我们的存在可能受到非存在的吸引时，偶尔只有诗人能从遥远的旅居处给我们带来一个形象，从那没有记忆的睡眠中带回本体悲剧的回响"。而且，"它使我们目注神凝。它向我们注入存在"，是由于——

　　想象的细节是能深入梦想的锋利尖端，它在梦想者的脑海里引起有形的沉思。它的存在既是形象的存在，又是参与使人惊奇的形象的存在。形象为我们提供的是我们的惊讶的插图。所有感官的记录都相互感应，相互补充。在对简单的对象的梦想中，我们经历了一种我们进行梦想的存在的多功能性。

以上遇到的接受上的疑惑，或许就好解释了！

就"多少年"而言，以上认为包含了两重成长的"时限"无可厚非。因为孩提的经历，是专就对象亲历的"角度"来确认的，但是成人化的一面，却暗含"参与使人惊奇的形象的存在"的原委，突出了"当下"回顾的立场；孩提阶段，时光有限，成年后的岁月相对连贯，一旦亲历的过往浸入回顾的当下，成长不可逆转的生命"过去式"与"进行式"就结合为诗的"梦想"，意兴闪烁，话语赋能，确实没有多少异议。

亲历与回顾不同的时间性意涵搅和到一起，莫非表明了诗人成长体验的严重不适，抑或遇到了莫名其妙的惆怅？这份含混的修辞一贯而下，未曾颓荡失态、情天恨海，力避雷同，实属不易！

"那些"的指示意向，因回顾的需要，拉近了往事亲历的距离。这属于意识活跃带动"空间化"顺位颠簸的话语表述前置条件，也就是说，被指示的目标先是范围、轮廓的大致圈定，然后才有模糊的定点的聚焦。"嘴和脸"作为联合结构的话语表达式，在"那些"的指示意向最终明确之际，可谓总体大于部分之和；唯有它们（"嘴"与"脸"），而不是其他身体器官得到了青睐，意味着其中必然有所甄别、选择。意识曾经闪闪烁烁。"和"这个连词，较之相应的联合项，更能反映该"空间化"之于"回顾"所必须落实的指示要求实质属性。机械地予以区分，如果说连词"和"代表的是"回顾性"的心理意愿，那么，所谓的"嘴"与"脸"无非表明了和"亲历性"相关的被召唤的未知而茫昧的意识界域。

《童年》一开始就声称"跟着""踏过"，恍若"亲历性"的举止，其实先行就隐含了身体器官——脚的功能实施；再看后文，"手掌"不又是堂而皇之被突出了吗？"回顾性"视野下"身体"无论缺席，还是在场，莫不纠结着"亲历性"的往事作为相应的缺憾及不满。"嘴"与"脸"联袂出击，弥合了亲历与回顾意识连绵、跌宕的呼啸。如果仅限于回顾"脑海"里浮现的意象化成分（质料）来对待，来接受，来解读，而对面向"言"与"思"共振的冲击力，置若罔闻，浑然不觉，那将会多么沮丧，这最终有损于对话语"带回本体悲剧的回响"的诗意领悟。

话语表述的魅力，远远不是所谓的"思维"加工的技艺、手段所能穷尽。寻常的写手夸夸其谈，想象同质化，的确可悲！

但是，以上所述，立足于所谓的"身体"可直观的显义，该逻辑预设不是没有"盲点"的。难道"嘴"就是"嘴"，"脸"就是"脸"吗？所谓的那些"嘴"，那些"脸"，从回顾的"脑海"里活灵活现时，难道不带有更隐晦的意兴残余作修辞性的负隅顽抗吗？质言之，这些意象化承载的"嘴""脸"覆盖的指示范围，玲珑、机巧、甘心与"人性化"的自我指涉要纠缠到底吗？它们（"嘴""脸"）难道不曾"去人性化"，从而与更广袤的诗意汹涌的大地和谐共振、同气相求吗？武放竟然放言"踏过金黄的麦地"，意进一层，"这边"或由"那些"置换时，"金黄的"纯直观的美好之类的愿景，不止因为农业文明的时代气象被超然打破而黯然失色，那些"嘴和脸"，与"多少年"带动的事涉时间性"存在"也含有深层的意旨交涉，即从那没有记忆的睡眠中带回本体悲剧的回响。类似邈邈无期的广袤神会，诉诸"影子"，秘响旁通，又有佐证。

"影子"是类非实有的虚像，以及略略令人不爽的"麦地"（海子的诗学遗产）意象所纠集的日常生活拼图，所以侧显是类意兴闪烁的轨迹。从《共产党宣言》中那个关于"幽灵"的著名比喻，可知"影子"还足以代表看似"不切实际"，实际上领先、"超越"实际的观念性的愿景。——武放关于"影子"的认知、表述，最狡黠的诗句莫若《每一天》：

犹如大地一样沉重，犹如风声一样忧郁
渴望的影子没有剧情。

其他风采，略取二例。较之它（"影子"）可被"弯曲"，可由时令、月份来特指，《交换》引出它"支撑黑暗之重"的隐喻，贴近知觉而予以的变形、修正程度，却更轻逸；而他的《沉重的影子》作主题性的集中发挥，即使如"铠甲"也会破碎，信念的"神圣性"如何行走于完整的"大地"？毋宁更进一层地切进有关"思"与"言"的纯粹领取的诗意大酣喜——"此时词语犹如烈火将我抓紧"，深情倾诉则如是。

《消失的夜晚》风华标劲，针对"那些可怕的时间"，把它（"影子"）转喻为"只是大地的祭奠"而唏嘘不已。无独有偶，"生活在自己的影子里 / 显得多么多余 / ——如此多余 / 身体无法生长和超越 / 影子禁锢住骨头"，生命及其自我受规训的本相得到严正的考量，《影子的阴谋》反讽式的就此"显得多么多余"穷形尽相的勘探，正是相继的思绪的井喷，为存在沦陷的惊怵图景留下了刻薄的一笔。

武放经营话语，总归是严谨守正，法度翩翩；非一味"刻奇"逗巧者所能精研、洗练。

所以，"跟着影子／踏过金黄的麦地"不是没有凌厉的锋芒，类似于针对"多余的"触发的激愤，而被遏制，趋近强制"代言"的反面，抒情完全非个人化了。仅从亟待成长"个体"方面讲，成长的渴望多么急切啊，殊不知可资流连的"黄金时代"（丰子恺《给我的孩子们》曾对"童年"刻镂的理想境界这般惊叹过）招致无视（"踏过"），白白流逝（确实怅惘）！追忆似水年华，难道不正是《童年》意欲遮掩的惋惜情怀或激愤吗？

假如跌进这样的思绪而有所顿悟，"薄"或"满"反义承接、对应，"雨"及"灌"合乎逻辑，不消说，分明从似不搭界的意识逡巡的不同界面强行搭配，恍若抛向歧义的迷宫；进而言之，"嘴"被堵塞，如鲠在喉，驷不及舌，言路不畅；"脸"遭粉饰，暗淡，忧郁。它们如何被成长的渴望所落实？庶几只能归结到"心灵"干渴、焦虑了。

但是"灌满"《童年》接下来的表述，又该如何"严阵以待"呢？

《童年》的第四句及第十句，均不出韵。貌似例外的手笔对《童年》后六句意蕴拓展造成的惊喜，夸张地说，是不胜枚举！因为，"当一首诗押韵，当一种形式激活了自身，当一种格律将意识更生，诗歌已经站在生命的一侧了。当一个韵脚惊动并拓展了词语间的固定关联。当语言超越了需求……它已选取了张扬生命并僭越了界限"（《希尼诗文集》，吴德安等译，作家出版社，2001 年出版，第 336 页）。

第四句"灌满那些嘴和脸"承上启下，处在结构性的枢纽地位。此前"i"韵接连三次持续鸣响，陡然平息，一时静默，就像大战在即的暂时的松弛，更诡谲的变局即将来临。随后换韵频频，"en"／"ei"，大致押韵，再转而为"ang"，自"i"以来，音色不唯急促，亦可舒缓，可昂扬，似亮丽与高冷的调停，妙就妙在该句的运筹帷幄之中。

韵分长短，《童年》话语表述循此变声，追求话语的调性，该是有所讲究吧。局部而论，尽管未曾出韵的"灌满那些嘴和脸"，句子内部，却由"an"（灌／满／脸）与"e"（些／和）外一层、里一层双韵协调，分明像是逗引着换韵赢得的变局。

再就所谓的"韵位"妥帖安排方面讲，"en"／"ei"照应，因隔过中间一句（仍出"i"韵），形同"怀抱韵"，转而使得前一行强行打破"i"韵一意孤行的施为，又给予了一次宽慰、照顾，"i"韵为此出局，仿佛是礼送出境，给足了颜面。"ang"韵在上下句款款而下，尽管不是"i"韵照起初一哄而上的局面，可相应"随韵"采用的方式毕竟一致。末句的尾字"去"，从"ü"韵，更是配衬出"ang"韵晚出收拾残局的苦心孤诣的作为，余音袅袅，情何以堪？"我们消逝，如白昼降下去"所挑明的怅怅，音义俱佳，极契合，极精妙。

还不应忽略的是，凡出韵的尾字，以及末句的"去"字，毫无例外地从仄声，偏偏第五句的"深"和第七句的"黑"字从平声，这绝非偶然！

"多少年"与"那些"纠缠于"嘴和脸"业已风生水起，"换韵"急不可耐，孤"仄"的声势被止住，结构性的振荡全然、悄然、栩栩然来临，不但"夜太深"，而且"时间过于滚烫"，令人感叹良多。程度副词"太"与"过于"所能揭穿的感情或心理的焦虑，如果是在比喻奇突，联想怪诞都不足以勘破，那就索性诉诸因"灼伤"而"消逝"的——"戏剧性"的处境，直接呼告，意兴累进，愈见其修辞凝练的巧夺天工。《童年》面向"时间性""空间性"总体嵌合的澄明之境，迥非个人化的成长际遇及其哀感顽艳的纠结所能辖制，它的"太"与"过于"分化的意旨，与其说是透过创造无意识的冥冥视域，扩充追思的他界，倒不如说是在为"语言"与"世界"达臻的纯然之境，开启丰厚的光亮。据此反过来看，何谓"童年"？生命抛向的始基，个体化育的"节点"，曾经的亲历，再去构造它的"欢乐和温馨的他界"创造性驱动的言说，即回顾，"深"和"滚烫"直观下的意志塑形，夜或白昼的循环被打破，人格化的"我们"泯然隐去之际，载笑载言的欢愉还能维系吗？那个"蚊子"与"黑"纠缠的怪诞幻象，极其生动传神，可以随风而逝，是"手掌"把持不住的即刻、当下、马上的无语而来，且无语而去，是无形的广袤与有形的具象倾尽有无之辩的存在相对性的喁喁自语，虚室生白，无以言，且无不言……武放的心机是否过于毒辣了呢？

　　古希腊诗人对苍蝇颇有好感，宋代的词人（譬如周邦彦）不遑相让，借此物类，比喻美女，很有趣；至于"蚊子"，凭何而令我们的诗人惺惺相惜呢？

杨绛为《钱锺书手稿集》所作的"序"中曾透露了钱锺书"槐聚居士"名号的出处："枯槐聚蚁无多地，秋水鸣蛙自一天。"（元好问《眼中》），"夜太深／如蚊子的身体／纠缠着黑"，之于武放而言，当会在"秋水鸣蛙"之外，天机自纵，感慨满满了。

夙夜兴叹的一组数据

西方哲人每每逼问类似于我们所谓的心与物的关系时，总会举"桌子"为例，脑洞大开，滔滔不绝。武放对"夜"情有独钟，据说，这与他工作之余的写作习惯有关。以下提供的一组数据，可能很枯燥、无聊，但放过了又很惋惜。是禁脔还是鸡肋，不好定论，孤芳自赏吧。

武放以"夜"入题的文本篇数不少。或"消失"三首，或"昏暗"，或"初冬"，或"三月"，诗题均为偏正结构，但与"黑夜之诗"的格式相左。至于《小城之灯——深夜踏过沁阳城》，以副标题点明语境实际依托，《深夜·回家》三首、《夜晚，我穿过这个城市》，入题格式又是一类。此外，还有间接涉入式，如《接近零点》，计为十首。然而，"夜"之于武放犹如耳鬓厮磨的话语，亲近感远非如此。

这是因为"夜"还可以贯通被认知、考量的追思全程，话语打造缤纷、缭乱，覆盖广泛、颇丰，据统计，多达几十处：

1. "粉白色的光裹紧那个奇怪的夜晚／凝固的时间犹如一根鱼刺钉在咽喉"（《初恋印象》）；

2. "当我醒来，望见又一场雪落／……／当晚，我梦见一场雨"（《隐形时光——致CHM》，含三首）；

3. "夜晚来袭／劫掠月光的身体"（《往事》）；

4. "在乳白的月光下／那静谧的屋顶犹如夏夜／……／／屋顶已经消逝／头顶的星辰依然闪耀"（《屋顶》）；

5. "我走过，冰凉的夜"（《暗处》，含三首）；

6. "夜晚如我的身体"（《梦见》）；

7. "夜晚如此廉价／黑暗减轻了它的分量"（《梦里思绪》）；

8. "埋没在星星的梦里／你身后那漆黑的夜空／多么古老，多么神秘"（《秋天的云》）；

9. "多么凄凉，触手可及的空气／夜晚，孤独地携着影子／伫立在旧屋的窗台"（《秋之窗台》）；

10. "白昼消沉，黑暗泛起／／今夜／透过这光的纹理能否望见星辰？"（《夏日的河岸》）；

11. "黑夜。我转过脸／抚摸那沉默的手掌／毛孔摩擦力过于清晰／……／辩护。那一丝岁月的甜／暗淡了，犹如那晚的月光"（《沉默》）；

12. "一个巨人斜躺着／脚下，那城市的光芒／犹如沙粒，漏过他的趾缝／……／／他观看，闪烁的灯／攥紧漆黑的夜空"（《巨人记》）；

13."黑夜来临 暴雨未尽／推门外出的瞬间／几个鬼魅穿越我的身体"（《推门瞬间》）；

14."这漆黑的夜晚／一声声凄惨的狗吠／一口口吃掉 恐惧的深渊／犹如魔杖／直立肩头"（《孤独》）；

15."那间房子曾经燃起大火／在黑夜里为她的魂灵照亮回家的路"（《她，在灰烬中》）；

16."黑夜，倒挂在枝权之上／视力在模糊的世界里衰退"（《蝙蝠》）；

17."夜空，模糊的大地／……／夜晚，焦虑的最后一层"（《工作》）；

18."神奇的夜晚，幽灵出没"（《夜思》）；

19."犹如空荡荡的夜空中沉睡的脸／仰望，黑暗多于繁星／……／／过于神秘，犹如这洁白的月光／……／靠近它，在深夜"（《日常生活》）；

20."昨夜，如此辉煌／突然间，覆盖了大地／……／如此辉煌，昨夜／突然间，我们不再被遗弃"（《细雨》）；等等。

"夜"化为意兴勃郁的修辞化片段，为数也不少，譬如：

1."此时此地，禁止泛滥／这深蓝色的夜空拒绝凄凉"（《泉》）；

2."你走来，轻盈的脚步／踏碎晨露般的幻影。悬置夜空／两个精巧的头颅贴得很近"（《你走来》）；

3."寒冷的夜空高悬／你的到来犹如一钩弯月／抚摸大地，布施恩泽"（《你的到来》）；

4. "那些火,寂静的山谷 / 如此恐怖,犹如 / 一双手慢慢掏空黑夜之身"(《传说》);

5. "那一刻,就这样离去,犹如月光 / 如此苍白。消失在漆黑的穹顶 / 犹如这雨,如此荒凉、多余"(《那一刻》);

6. "闭上眼睛—— / 黑夜悄然攥紧颅骨"(《聆听》);

7. "夜晚是白昼的汗水 / 汗水是爱的分泌物"(《写作》);

8. "那一只雨中的鹰呀,它的羽毛 / 照亮整个夜晚……"(《我的诗》);

9. "它的手掌,惨白,如月色 / 那一柄沉默的剑 / 剖开腹部 / 那些流淌的液体 / 刺穿黑夜之颅 / 多么可怕……"(《影子的阴谋》);

10. "白昼总是太长 / 夜晚总是来得太迟。复杂而又无休止""走过,又一个舒爽的清晨 / 离去,又一个紧迫的夜晚""每一天都务必向蓝天 / 繁星看齐""每一天昏沉的 / 额头都犹如夜晚一样封闭…… / 碧绿的眼睛 / 闪耀着月亮般的光芒""万家灯火盛开在斑斓的河流 / 那些辉煌的树冠犹如闪亮的星星 / 白昼已逝,黑夜降临,篝火燃起"(《每一天》,含八首);

11. "举目瞩望,这漆黑的城市 / 除了茫茫的黑夜,我们的手中还有什么"(《七月暴雨记》,含二首);

12. "沉重的白昼与浩瀚的夜空 / 完成了第一笔交易。黎明时分 / 身体获得重生;日落时分,已经死亡 / 谁能彻底地抚摸这个世界的骨骼?"(《阅读》);

13. "那白色筑起了围墙 / 关于夜晚,关于心 / 那些冷漠的砖／以及影子／支撑黑暗之重""月光乳白，犹如刀／劈开皮肤／那些泡沫蒸发／遗留的盐"（《交换》）。

以上所涉及的诗，视野开阔，蕴含凝练，知性化"综合"品质纯净，诗歌体式多样，容赘言几句。篇幅适中的（三十行之内）常见体式，如《聆听》《影子的阴谋》诸篇，代表了武放沉潜的智慧，《聆听》《我的诗》《阅读》乃"元诗"的规模，矫矫不群；尤其是其中的多篇集成的"组诗"，或长诗，如《每一天》，不愧为武放抒情的极致。综上所述，武放出入各种意兴，为"夜"量体裁衣，踵事增华之举，俨然不甘受困于"词"与"物"同质化的意旨约定，对瞬息即成却非连续的经验与知觉保持了高度的警惕及优先的取舍，知性化"综合"程度所以不俗，非常讲究。

对他者的召唤和罢免

鲁迅称他的《野草》写作动机无非是因他的生活受到了一点"小刺戟（激）"。而二十三篇的《野草》以《秋夜》始，以《一觉》终，鲁迅神游物外，反抗绝望，竟就"夜"的孤愤体验奇肆雄直，纵恣畅达，较之武放相应的抒情发凡，是否更值得关注呢？

里尔克称"音乐"为"耳中的大树"，充分体现了他就罗丹的雕塑领悟的变流动的为凝定的的艺术理念。在武放的笔下，有类似的意兴：

隐去的那些舌头和音符

填充饥饿的耳朵（《传说》）

那些音符扣紧耳朵

滋润着身体的每一个细胞（《那个可爱的世界》）

耳朵贴近裂缝的夜

聆听，隐藏的喧嚣

在深埋中

涌动的泉水（《疯狂》）

喇叭如闪电

刹那间，贴紧睫毛与耳

身体被召唤，如空谷的回旋（《街》）

一旦注视和描绘

音乐便消失，如耳中

沉醉的风

演绎天使的舞蹈（《途中》）

过于神秘，犹如这洁白的月光

漏过心灵的空隙

贴紧耳朵里那一片荒芜的野地

靠近它，在深夜

悄无声息，闭上眼睛

与灵魂的暗河一起栖居（《日常生活》）

……

不胜枚举，但并未限于里尔克熔"音乐"与"雕塑"美感属性于一炉的话语探索，诚如《消失的夜晚》所云："那些通感的盐分／犹如跃跃欲试的火山／灼伤潮湿的眼睛。"波德莱尔式的"痛感"修辞的运用也是信手拈来；武放拥有极具现代性的抒情视野，如果再加细绎，兰波"刻意反常"的穿插技巧，马拉美"临近沉默"严格追求幻想的风格，乃至艾略特对日常生活场景片段予以"戏剧化"的拼接，实际上也被武放放肆挥洒，奇巧调度，或综合运用。凡此种种，假如换一种思路来看待，像武放《看见》所云：

该结束的已经结束

二月，如钟声

在又一个帷幕里

隐去残余的冷

还有更多的脊梁

背负此刻的湖

那些刻意的欲望如眼

看见空谷，看见网

巨型的野兽

以及那些洁白的骨堆

压缩历史的胃

那些高举的手掌

还有一段苍老的墙

看不见，帝王蛾

举起双翅，远去的火

全诗所统摄、突出的刻意的"欲望之眼"，杀伐果断，似是现世的清醒者，其实颠顸，因为它也有其本质的局限。"帝王蛾"这个形象的比喻，不消说恰恰对此予以机智的婉讽。

"帝王蛾"是蛾界的奇葩，即"乌桕大蚕蛾"，一对翅膀长达几十厘米，破茧而出时（举起双翅），狭小的茧洞形成了极大的阻碍，许多幼虫为此付出了惨烈的代价。和"飞蛾扑火"的结局仿佛相近，性质却截然不类。"看见"与"看不见"隐忍的对立，"湖"，相对闭环，和海洋、江河相比，在存在有限性方面体现得很充分，在此徘徊、行吟者，即便再悲催，也达不到鲲鹏"背负青天朝下看"搏击风浪的境界。武放把我们的注意力引向这个维度时，"该结束的已经结束"，先期的慨叹，显然不是无的放矢的，并不曾导向绝对的纠结、绝对的玄虚，"冷"与"火"涉入相反的平面似的比对，非常自负，可个中犹如"灯下黑"的认知反噬却是尤其荒唐、苍凉。

回到鲁迅的《野草》而论，诚如所知，代表鲁迅"生命哲学"的《野草》是鲁迅 1924 年至 1926 年间感情沉潜的结晶；1933 年鲁迅又作《夜颂》（见《准风月谈》的首篇），"爱夜的人，也不但是孤独者，有闲者，不能战斗者，怕光明者"，"爱夜的人要有听夜的耳朵和看夜的眼睛，自在暗中，看一切暗"。唯因满足了这个苛刻的先决条件，"爱夜的人于是领受了夜所给予的光明"。也正是由于"光天化日"之下"黑暗的装饰"太多太多，文章的结尾又极为愤慨地如是说："只有夜还是诚实的。我爱夜，在夜间作《夜颂》。"（见《鲁迅全集》第五卷，第 203 至 204 页，人民文学出版社，2005 年出版）武放《看见》所赋有的"自在暗中，看一切暗"的抒情品质，莫非正是取之于此？

所以，再回到鲁迅的《野草》而论，诚如所知，《野草·题辞》坦诚相告的"我将开口，同时感到空虚"，既然具体地融入鲁迅认知、体验怪诞、诡异、悖论"风格化"的话语，那也就意味着鲁迅超然于自我激愤的个人化情绪发散，写作方式因而已然区别于同期成熟的"杂文"文体（《华盖集》及《华盖集续编》）那种任意而谈，无所顾忌的凌厉作风，抑或同期"小说"文体（《彷徨》）技巧圆熟、刻画深切的叙事臻美境界，乃至同期"散文"文体（《朝花夕拾》）人间至爱者面向"爱"与"死"作生命形而上思考带露折花般的雍容，自鲁迅同期的"杂文""小说""散文"诸文体一面反观鲁迅的《野草》（散文诗），鲁迅现代性酣醉的抒情极致，岂非去个人化、非个人化的抒情伦理当担使然乎？钱锺书在《谈艺录》里对外来的文艺观念"风格即人"沦肌浃髓的反驳，有助于我们对这个迄今依旧是一笔糊涂账的抒情经验保持必要的清醒。安东尼·吉登斯《现代性后果》中所审议的现代性的"自反性"（田禾译，黄平校的初版本译为"反思性"，译林出版社，2000 年出版）特性，也提供了进一步的参照。

综上所述，武放"自在暗中，看一切暗"所发现的"帝王蛾"意涵幽微，从文本化生成的进路上看，固然得益于充分现代性的话语施行策略，但是论及它所汲取的"中国"本土化的认知、体验的取向，却迥非悲催、苍凉的"个人化"性灵所能折冲的。个体视野的有限性，只能屈就对存在的他者的召唤，但就否定的泰然自若的清醒和批判方面说，个性自我下沉式的洞若观火的明睿与超然，唯其不止落向仁山智水的轻才小慧，"光风霁月"般的沾沾自喜，抑或往复于桃花源的盛景从而闲适日常，基于存在的他者的诗性放逐或罢免，只能触及"我思"经验的皮相。相形之下，波德莱尔基于摆脱现实的挤压，而对艾伦·坡的"象征"观念扩张为"创新性幻想"，其中基于"梦"的认知，是眺望非现实的"荒诞"世界的跳板，以下胡戈·弗里德里希发表的看法，很有见地：

> 梦是一种生产力而不是感知力，这生产力的运行绝不会陷入混乱和随意，而总是精确而有计划。不论

它以何种方式出现，具有决定性的始终是，它制造了非现实性的内容，它可以是诗歌的基础设置，也可以通过麻醉品和毒品的引入，或者从心理病态中产生。（《现代诗歌的结构：19世纪中期至20世纪中期的抒情诗》，李双志译，译林出版社2010年出版，第40页）

不妨稍加发挥。作为一种"感知力"，它无非代表的是被认知、体验的强力冲动，诉诸疯癫之类幻想而轻易获取，并且不具备唯一性、排他性，艺术与人生的界限泯然消除了，它只属于"创新性幻想"的充分条件。作为一种"生产力"则不同，它其实穷尽的是作为可传达的文本化介质（即话语言说）的前置约定，所以，它的运作"总是精确而有计划"，犹如让·波德里亚审视索绪尔"易位书写"原则所声称的那样：

诗歌是语言反抗自身法则的起义。（《象征交换与死亡》，车槿山译，译林出版社2006年出版，第273页）

至于"它制造了非现实性的内容"，则完全属于"思"与"言"能指纠缠的结果；诗歌的"快感"并不涉及力量。首先，诗歌是一种"没有痕迹、没有丝毫力量作用的交换，它消解一切力量，也消解力量背后的法则。因为象征操作本身就是自己的最终目的"，"诗歌的力量永远不在同一性的重复中，而是在同一性的摧毁中"（同上，第286页）。武放在"看见"与"看不见"之间逡巡不前，无疑正是寻求摧毁那种"同一性"的机会。

不过，波德莱尔与波德里亚所采用的"象征"概念范畴迥异。文学性的"象征"概念兼具前述所谓的"感知力"与"生产力"双层含义，内涵模糊、多义；属于后现代文化理论的"象征"概念，是从马克思政治经济学、弗洛伊德主义、索绪尔符号学、莫斯社会学"交换"理论等理论资源整合而来的。他山之石，可以攻玉。武放冷言热语中轻逸的、悲催的意兴及神会，稍纵即逝，怪诞甚于怪异，但非区区的欲望化消费的狂飙话语所能胜任。试看他话语表述极简约的《聆听》：

闲上眼睛——

风的手掌拂过身体

闲上眼睛——

雨的疼痛滚落肩头

闲上眼睛——

时间在气管里呼吸

闲上眼睛——

天空吮吸进了胃里

闲上眼睛——

黑夜悄然攥紧颅骨

闲上眼睛——

喉咙已经失去言语

闭上眼睛——

光明紧紧压迫额头

闭上眼睛——

这个世界已经变空

闭上眼睛——

聆听——

上帝叩开心门的声音

仿佛鲁迅《论睁了眼看》的反向接应，互文的修辞中是自嘲，是讥讽，舒缓而急迫。"身体"各个部位既是感官的，也是全然碎片化的，个体沦陷之状其实隐忍不堪，然而诗人为此投去的"凝视"拆除了"亲历"与"回顾"具体缠绕的戏剧性处境。诗人喋喋不休，反过来压迫具体的言说者，使其无从回应，或许沉默更能使之充溢着无穷的窘迫，毕竟各个空洞被"身体"转喻的个体在场或缺席暴露得很不适，又恍惚造成了彼此的无从选择，无从聚合，福柯称此"看与知"所持的双重沉默，似乎为武放无奈地承继、接受：

在这种双重沉默之余，被观看的事物最终能被听到，而他们之所以能被听到，只是由于他们被看到。(《临床医学的诞生》，刘北成译，译林出版社，2012年出版)

也就是说，"身体"言说下的诗人武放，如果仅仅诉诸一方的"沉默"而奋力抵制，那另一方的"沉默"又将会多么不堪？"思"与"言"的无穷争执，不止由于区区"身体"的转喻运作便孳乳一切的芬芳；诗人武放出入其间，所以又不仅仅是"送走最后绯红的光芒和弯曲的想象"，他"每一天都务必在语言中生死爱欲"（《每一天》），不啻于还原"敬仰者的视线"，揭开那"荒凉的符咒"（《观沁阳二墓》）：

　　一首颂歌，那些消失的星辰
　　头顶上那依然璀璨的蔚蓝
　　一条生锈的铁链失去了重量（《消失的星辰》）

目录

印的悲伤
• 第一辑 •

暗处的蜜
• 第二辑 •

孤独的洼
· 第三辑 ·

深　潭
· 第四辑 ·

活着的碎片
· 第五辑 ·

印的悲伤

·第一辑·

泉

当一切都消失的时候

她哑然，如一只鸟沉睡

此时此地，禁止泛滥

这深蓝色的夜空拒绝凄凉

如此美妙，她如时间

敲响额头的印痕

如上帝的眼泪拂过

细腻的山峦。大地过于坚硬

如她的爱一样深邃

怎能忘怀，在幼时

她的舌尖抵近我的喉咙

如此美妙，第一个音符爆破

一股泉涌出一个世界

梅花飘满苍老的庭院，如她的笑

与少年的身体和回声

在那泉中映出光

她是泉，是深泉

是深埋在少年身体的血

贴近、滋润着一切时间

他的来与去

—— 2023 年 2 月 22 日哀悼诗人孙明亮仙逝

他的去如他的来

如此跳跃，如此诧异

距离在遥远之间

始终保持着多余的警惕

他洒脱地走了

简捷、寂静，如他的诗

完成了自我神秘的使命

毫无留恋

如此坦然地将自身隐去

大地如此洁白

了无痕迹

他走过？他走了？

这回声恰似卑微的凄凉

多余的喧嚣与燃烧

空余这孤独的天宇

他批评着他者

他者又批评着他

循环的语言悄然埋下伏笔

等待着吧

我们一定会再次相遇

欢乐和温馨的他界

诗之光照耀永恒的山谷

偶像的黄昏

她再也没有出现

如跳动的火焰

绯红的光

那最后的一瞥

突然劫持了我的身体

剩余的话如石

历史的羽毛紧扣

眼里的矿

如泉水涌出

那一匹洁白的野马

如刀，横卧多年

时间在流淌

梅花似血

黄昏下埋葬颅骨与鹅翅

爱的初体验

无法靠近

火一样的空洞

梅花飘落

幽邃如迷宫

荒芜的草

凌乱的嘴唇

谜一样的笑容

那一把汗津津的铁锤

撬开深潭

穿越另一个世界

坎坷的声音

如冰冷的魂灵

尖锐的额头

掘进、掘进……

彼此的探寻

如历史和时间一样沉

初恋印象

如此凄凉，如此多余
犹如孤寂的旅程
穿越一条又一条陈旧的小巷
下一晚停留在一爿暗淡的客栈

粉白色的光裹紧那个奇怪的夜晚
凝固的时间犹如一根鱼刺钉在咽喉
她的影子追随着我颠簸的脚步
犹如一幅画雕刻在空荡荡的窗户上

巨型的床犹如烈火将我点燃
那洁白的床单犹如初见的脸
那一盏煞白的日光灯吐着众多可怕的舌头
它们一一将我绯红的脸舔遍

聆听窗外沙沙的雨声与那些潜入房间的风
如此可怜，犹如指甲划过皮肤

那些燃烧后的骨头，犹如裸露的岩石
绕过它们，绕过它们，那株菊花不见

多年以后，又一轮空虚的月影
爬过身体。那些火，那些灰烬
那些焦灼的痕迹，贴近凄凉的石头
一切都不见，都不见，煮时间的余

消失的她

那是一个午后。如此紧张
犹如拉开的弓弦
两堆燃烧的火焰
静静地，犹如清晨的空气
从我可以望到她
从她可以贴近凄凉的大地
过于熟悉，过于经常
犹如这文字的演绎一样疲惫
无法描述和再现
如此微妙，如此甘洌
那一张脸犹如岁月
在微风里隐藏一把锋利的刀
她消失了，犹如沙滩抹去海水
回忆是一场彻底的苦
如此苍白。自我
常常被抓取、攥紧、揉碎、撕裂
她消失了。在那一个午后

两堆燃烧的火焰

静静地燃烧，静静地熄灭

那些灰烬弥漫着胸膛，许多年

隐形时光

—— 致 CHM

一

当我醒来，望见又一场雪落
那一年，你离去
稚嫩的背影消失在目光里
那些泪滴如此廉价
在眼睛里储存
犹如可见的夏天
当晚，我梦见一场雨
酣畅，犹如稚子的哭泣
那一群蚂蚁，犹如少年
爬满整个季节的窗棂
月光压住我的身体
膨胀的喉头
抵近那即将消失的音节

那三个沙哑的字符呀

在梦里，沉睡不醒

彷徨的我悄悄地望向你的窗台

那一盆犹如炉火的仙人掌

飘荡着一层薄薄的烟

它再也没有勾勒你的影子

望不见那孱弱的曲线

那残留的一缕秀发

在微风里摇摆

如此凄凉，如此荒废

你走了。从我的视线里淡去

那一个刻意雕琢的时间

在皮肤的缝隙里喘息

打磨着我的骨头

耗尽记忆的脂肪，腐蚀如风

二

多少年了，童年的游戏

如此古老的时间

讲述着自身

犹如绳索一样将肉体禁锢

鲜活的生灵不断地分娩

毒素的舌头。它们

将这清洁的世界染尽

转过身，那些光

撕裂你与我之间的缝隙

痛，相互交织的白

犹如风蚀之谷

凄凉而又麻木的线

穿过薄薄的雾

缠紧额头的汗腺

多少年了，夙夜忧叹

童年的游戏犹如一柄腐朽的刀

沿着时间的经络

练习解剖。腹胃、肝脾

掏空岁月的血

多么像一座寂静的坟墓

虚无的墓穴等待着将两具肉身

合拢。远离喧嚣

贴近的胸膛犹如冬天的深夜

注视着凄凉的夜空

冰冷的手掌与脸颊

犹如烈火点燃湿漉漉的睫毛

在篝火中，我们锻造自身
两只精灵飞舞，犹如片片落雪

三

再也无法挽留。那些记忆
引导着时光升入天国
那些想象，如火
它憎恨将自己燃尽
刻意的童年如灰烬
在炉中，抽泣
被时间消耗的肺
闪烁的微尘和楼梯
陈旧的空气和声声低语
沉闷的咳嗽。多少年了
古老的痛苦还是如此新鲜
痛苦如癌，压缩栖身之所
痛苦如蚁，锈蚀膝盖之胫
又一个黄昏的落日
将身体掩埋，犹如墓穴中
那些金黄的刀片
切割皮肤。唤醒

一块块沉睡的伤疤
那些血，如此凄凉
帆布上的金色之年与爱
犹如萎缩的夜和空荡荡的额头
夏日太阳之火将彼此焊住

你走来

你走来，犹如熊熊燃烧的火焰
燃尽夜空。那散落一地的骨头
残余的灰烬将它们整个掩埋

你走来，犹如海水漫过堤岸
一只手将我抓紧。那迷雾似的眼神
犹如蛛网，把我的喉头勒紧

你走来，犹如淅淅沥沥的雨
轻描淡写地抹去大地的尘埃
浸透枝叶，滋润重重叠叠的森林

你走来，犹如跳动的倒影
划过寂静的水面。那瀑布似的秀发
嗅尽芬芳，倾吐着悠长的悲伤

你走来，轻盈的脚步
踏碎晨露般的幻影。悬置夜空
两个精巧的头颅贴得很近

你的到来

眼前，你犹如雪浪一样涌来

冰冷的身体，顷刻间

将我掩埋。在雪中

靠近你的心，那火焰燃起

融化的雪，犹如瀑布

将沉睡的细胞激发，犹如

离弦之箭，击穿尘土覆盖的盾牌

一切都已近垂暮的审美

麻木与疲惫，凝结如霜

为何，你的到来如此迅捷？

刹那就攥紧我的灵魂

寒冷的夜空高悬

你的到来犹如一钩弯月

抚摸大地，布施恩泽

那凄凉的倒影

如此的近，又是如此的远

你的到来与那无尽的忧郁

环绕着额头

闪烁的孤独与憔悴

将无尽的相思点燃

灰烬与空荡荡的胸膛紧偎

往事

夜晚来袭。劫掠月光的身体
白昼无处可逃的脸庞
暗影里，婆娑的笑
挑逗的声音
那些充满诱惑的手和舌头
试探着来回的路
关于青春，遗失的甜
犹如精灵，刺穿岁月的香与花瓣
回忆一阵时间的风
便战栗于一段野蛮的挺拔
夜晚便犹如移动的骨骼
那些白，低于悲伤的额头
她的睫毛便爬满我凄凉的胸膛

传说

虚妄。这时间的伤疤
涂满红色
那些曾经沉默的器官
犹如那悬挂的铃铛
风过，它响
隐去的那些舌头和音符
填充饥饿的耳朵
那些火，寂静的山谷
如此恐怖，犹如
一双手慢慢掏空黑夜之身

多么短暂，多么美好
仰望夜空。她
能否解开我胸腔的纽扣？
那些凄凉，如此沉重
压紧风干的嘴唇
星星的睫毛下隐藏的那些秘密

如此苍老

人类的游戏终将自身燃掉

漫长的冬天呀

一柄剑划过那遥远的穹顶

童年

多少年，跟着影子

踏过金黄的麦地

夏天薄雨骤至

灌满那些嘴和脸

夜太深

如蚊子的身体

纠缠着黑

时间过于滚烫

灼伤了风的手掌

我们消逝，如白昼降下去

屋顶

有风，微微地吹拂
直到记忆中
在乳白的月光下
那静谧的屋顶犹如夏夜
躺在母亲的怀里
安静地睡去

一切都已消失不见
四十年太长，又太短
那温暖尚未握紧
那温暖尚未愈合
记忆里只有疼痛
与悲伤逆流成河

屋顶已经消逝
头顶的星辰依然闪耀
那些低吟的催眠曲

那些陈旧的痕迹

那双柔软的胳膊

与时间一起安静地睡去

吻

我必须承认：我曾经吻过她
这是一个事实，奇怪得很
犹如白色一样，就放在那儿
我们无力的手掌，无论如何
都无法打捞消失的气味

她的嘴唇过于丰满，过于红润——
滋味，厚厚的 ——
又过于光滑，犹如一块冰
那些爆炸性的纯粹的毛
犹如磁铁，深深吸附进

我的身体。感觉，非常痛惜
甚至，感到一种旋转式的懊恼
空空的，犹如洁白的房间
在唇角，发现两条弯曲唇线
深深的勒痕，穿过瘦削的

脸庞。一切都消逝，无法挽回
它就是一根针，细细地指向
广袤的农田。潮湿的语言
沸腾的睫毛，羞涩的花瓣
多余的，这空荡荡的、洁白的

房间。写一首诗吧，将这些
纠缠的、绯红的、嘈杂的拼音
与字母，一一串起连接成线
纸和墨水流淌着破碎的影子
上帝之手将虚掩的目光拽进黑暗

那一刻

那一刻，刺穿了我的肋骨
我想说，却根本说不出
我的灵魂被锁在捆绑着的身体里

那一刻，击中了我的头颅
我想写，却根本写不出
我沸腾的血液被塞子堵在血管里

那一刻，粘住了我的喉咙
我想喊，却根本发不出声
我的嗓子被紧紧攥在粗糙的手掌里

那一刻，搅动了我的腹胃
我流泪，却根本无法掩饰
我的视线被强烈的光聚拢成一缕线

那一刻，就这样离去，犹如月光
如此苍白。消失在漆黑的穹顶
犹如这雨，如此荒凉、多余

小练习

那一扇斑驳的柴门依然虚掩着
犹如雨后困顿的雷声
裹紧沉闷，击穿脑髓
那不可洞见的蛛网编织的巢穴

徘徊在天空的乌云即将散去
像一条疲乏的流浪狗
哀鸣两声，回望身后
那条已经陷落的路

苍穹掠过几只低垂的鹭鸟
像几头跌落泥沼的野猪
奋力挣扎，痛苦哀嚎
那枯黄的羽毛飘落于篝火之上

现在，这雨一直在持续

那湿漉漉的柏油路洒满鱼骨一样的倒影
道牙子犹如坚硬的匕首
闪亮的灯光刺瞎下一个路人

还是遗忘掉吧

—— 外公逝世 22 周年祭

还是遗忘掉吧

那纯粹的白色过于痛苦

时间再也没有饶恕

那曾经充满了食物的胃

土地习惯了贫瘠

你粗糙的手掌覆盖大地

模糊的眼，多少次

我曾经躲在你的腋下避雨

那硕大的羽毛

醒着、睡着，与天空一起

那是一个悲戚的午后

一个沉闷的消息

突然把你从大地上抹去

白幡招展，纸钱遍地

最后的送别，过多的剩余

雨水浸透了皮肤

凛冽的寒风吹弯了骨头

路上的泥泞犹如一把把尖刀

刺穿疼痛的脚趾

你坚硬的身体裹紧沉重的黄土

还是遗忘掉吧

那纯粹的白色过于痛苦

压缩的空间再一次攥紧喉咙

窒息的鼻孔，撕裂的视线

那些枯萎的黄花再也没有醒来

如此卑微，如此渺小

除了那些相连的血脉

你似乎从来也没有活过

可是现在，我只想，仅仅想

一口将你曾经的苦彻底吞掉

暗处的蜜

· 第二辑 ·

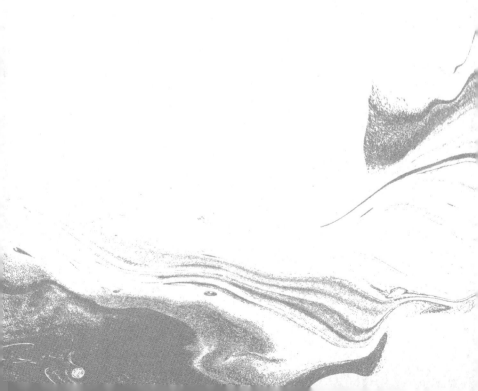

暗处

一

我看见，跳跃的火焰
在暗处，如冬天的寒冷
倾斜的身体距离
灰色的藤椅，很近
微弱的目光，如被毁的琴
风与死亡的哭泣
如灵魂的哀悼
我看不见它
影子的羽毛，消逝的光
颤动的时间和戒律
与谎言和历史一样暗淡

二

我看见，如此的灯火

消失的光，蒙上微薄的灰烬

细碎的声音如钉

如深夜充满悲伤的痕

没有靠近，那泉，那深潭

那些疤，如虚妄的空谷

一切仅仅发生在黑暗降临之初

多余的暗物质和溪水

拂过身体的洞穴

飘零的梅花与鹅翅

孤绝的力，如此的劲

三

我走过，冰凉的夜

帷幕如此的近

落满手掌

那些窸窸窣窣的虫鸣

证明着某些生命的降落

逝去的暗物质

沐浴着风

穿过薄薄的身体

那些无法读懂的骨骼

镶嵌在树影上

举起那些光，如此沉

听见

一

夏天还没有结束
我便听见神的声音
召唤空谷
那些凄惨的鸣叫
犹如血从身体里流出
此时，我失去了你的肩
内心之神拨动胫骨
惊恐的眼睛，何处安放？
一根根精巧的股线
划过指尖，犹如闪电
躁动的乐音，孕育
一只可怕的怪物
撕裂皮肤的韧性
世间的美好多么短暂

衰老的皮肤，褶皱的额头

空空荡荡的衣衫

多少美好，多少痛苦

秋天还没有来临

我便听见神的声音

唤醒死亡

二

此刻听见，时间与窗

孤独地拉开距离

无法忘怀的蓝

渐渐地枯萎

她，走向三月的影子

如臃肿的多肉植物

爬满我的心脏

我听不见，那一声呼唤

震破多少耳鼓

沉闷的火堆

在掌中，灰烬如梅花

还有多少空谷在诉说？

如此艰难。与他谈起理想

荒诞胜于怪异的脸

历史的洼地与岩石

如此深情地记下彼此的甜

看见

该结束的已经结束

二月，如钟声

在又一个帷幕里

隐去残余的冷

还有更多的脊梁

背负此刻的湖

那些刻意的欲望如眼

看见空谷，看见网

巨型的野兽

以及那些洁白的骨堆

压缩历史的胃

那些高举的手掌

还有一段苍老的墙

看不见，帝王蛾

举起双翅，远去的火

梦见

二月后，精致的额

隐去沉闷的线

寻不见

那些云，树梢低垂

在落日后如紧锁的眉

夜晚如我的身体

它裹紧我的眼睛

多少年了

还是轻易地流泪

那些暗藏的物质

依然轻易地触动琴弦

轻易地埋葬梦的灰烬

那些残余的印痕

飞沫以及飞翔的黑色

梦见，从来没有远离春天

梦里思绪

夜晚如此廉价
黑暗减轻了它的分量
那些被盗取的火焰
已经——熄灭

暗之光压迫着沉睡之神
身体静止。梦魇来临
它的重量压垮
一切死亡的形式

略低于真
虚构的手掌撬开黑暗的洞穴
持久的余音萦绕
臃肿的头颅，不醒

消失的夜晚

一

如此压抑。一首空虚的诗
掏空了深邃的夜。那些病魔
安静地驱赶多余的意义
可能的表述沿着预设的血管
将那些可怕的触摸
一点点挤掉凄凉的水分
一切的来，犹如海水
汹涌到退却
即是一生。挖去了想象
一团火，犹如废墟
燃烧终点，堆积灰烬
那些故事过于惨烈
犹如她皮肤的纹路一样密
清晰、澄明、恐慌

犹如镜子在映照三张脸

同样拒绝一个灵魂的劫掠

没有了，那条坎坷的小巷

穿过河流。那些可怕的时间

掩藏那些可能的闪电

那些耳朵借助月光

耗尽所有的话语

那些影子只是大地的祭奠

二

残忍的碎片，犹如风

掠过皮肤上臃肿的味道

鼻翼过于迷惘

蜷缩在黑暗里

那些通感的盐分

犹如跃跃欲试的火山

灼伤潮湿的眼睛

燃烧的欲望漫过沉重的坦克

千锤百炼的灵魂

恰似这铁石一样凝固的夜空

被框定的浩瀚穹顶

如此压抑，如此腐烂

如此令人不安

其实，那些试探如此古老

千锤百炼的岩石

粗砺之沙，饥饿的睫毛

犹如疲惫的灯丝

那些光，游移的手掌

可怕的手指敲碎黑夜之骨

他们讲述着彼此陌生的世界

三

白昼褪去圣光之装

天空分泌黑色的晶体

远方闪烁的灯盏

抚摸着滚烫的夜空

一切沉寂都已被压入大地

暗淡的夜晚，膨胀的力量

压缩着九十九具身体

空气的热量弥合着那些缝隙

臃肿的手掌滑过左耳

苍白的话语被反复地勾去

那些陈旧的故事

闪光的焦点

犹如一个熟练的技工

一股力量攥紧封闭的颅骨

连续地撩动，连续地战栗

骚动的细沙裹紧羽毛

她怕雨，蜷缩的脚趾

抠紧地板，锐利的指甲

试图剖析睫毛上紧缩的记忆

那静谧的深处

一朵柔软的菊花

令人蒙羞的蛀虫，甜蜜如死亡

昏暗的夜

突然将自身倒入昏暗的夜

那杯果汁打翻一地

她的到来如闪电

持刀隐藏，犹如躁动的野牛

一颗空荡荡的心被劫持

漆黑的谋略挤满她手中的苹果

再次洗礼，镶嵌

以一种经典的方式

倾诉着黑暗下的故事

她的汗腺如平静的乳房

该突出的，清晰

该经典的，暗淡

那个昏暗的夜犹如麦子

可怕的是摇摇欲坠的炸裂

越是成熟，越是麻木

越是熟练，越是虚无

我将她镌刻在黑暗的语言中

然后与大海同谋，将她溺亡

沙

漫过身体

抚平

松散的骨骼

风与雨

寂静的空谷

鸟鸣

充满树梢

事物充满彼此

穿梭

自由秩序

低于骨盆间的血

他罔顾

那些任意的形变

埋入

冰

初冬之夜

苍老的悲伤
如屋顶的小雨
时间多于轻
身体少于沉
逐渐僵硬的大地
冷堵塞了呼吸
耳朵也渐渐老去
战争、强权与卵
那些涂鸦
如针尖刺入黑夜
它们暗淡如这寂静的穹顶

灰烬

烈火燃烧将尽

跳跃的身体

在微光里闪耀

一切都是虚妄

一块一块的骨灰

随着风　起起伏伏

它们难逃深渊

在无尽的黑暗里

坠落　坠落

直到无数盏灯亮起

绯红的脸庞描绘拥挤的空间

沙哑的歌喉摇醒枝头的树叶

身体渐渐变得柔软

篝火渐渐熄灭

他们的酣眠贴近大地

一切重归于忧郁

一切重归于星辰

一切重归于黑暗
它们不属于无限的抒情
更不属于这个沉寂的世界

纪念碑

那风声，犹如小雨刺穿灵魂
很多时候，我会想起他
我会听，还会模仿
正在描述，关于那些眼泪

这种诱惑，犹如鲜红的樱桃
在迷离的梦中，虚构
手指过于细腻，挖掘土壤
那是一段故事，埋在深深的地下

很多时候，我会想到雪
洁白呀，覆盖冰冷的石头
它们的身体竟然如此坚强
那些温度在空虚的胃里上升

一次又一次地仰望。讲述
它攥紧所有的肺腑。那存在

如此冷，如此荒
又是如此静，如此多

一把坚硬的长矛逼近穹顶
狭小的天，如此空，如此远
多年以后，它依然孤独地高耸
转过身，它已漫过膝盖与耳朵

一切都来得无可辩驳

一切都来得无可辩驳

如大雪封堵了门窗

只留那些缝隙供我们思考

眼中再也看不到其他

除了白，事物的纹理失去了光

假如有一天真的如此

或许我会发慌

直到荒诞的夜色

将这些听觉的碎屑收拢

在胸腔堆砌落日的羽毛和静

它没有发生。基于那些

撕裂的荒诞剧情多于自身

如现实的塔、楼宇、寺庙与翅

如此峭拔的冷与真

可能的隐藏抹去空谷的影

黄昏

这绯红的黄昏

犹如跌落的羽毛

在山峦的怀抱里下沉

缓缓地，缓缓地

举起手臂

向这个光明的世界

做最后的告别

庄严的风拂过

凝重的脸庞

眼里混浊的液体

犹如死亡一样

奄奄一息，行将熄灭

那空荡荡的天空

几只鸟孤独地飞翔

偶尔发出凄凉的悲鸣

多么忧郁，多么感伤

上帝挤下了最后一滴血红

这巨大的红色帷幕
挣扎着将涌动的群星掩盖
这时刻，这天空
将我的身体攥紧

秋天的云

它走来，向着我
犹如一只雪白的猫
那轻柔的脚掌
抵住我的咽喉
那绵长的胡须
贴在我的脸上
就这样，我们一起醒着
注视、打量、遥望……

这个世界，微风拂过
荡漾的皮肤扣紧
一根根卷曲的睫毛
坐下，依偎在它宽大的胸膛
空气中弥漫的香
以及腋下的甜
混合的冰
低于初秋剩余的蝉鸣

埋没在星星的梦里
你身后那漆黑的夜空
多么古老，多么神秘
贴近你忧伤的嘴唇
凝视哀婉的脸庞
一只手与另一只手的潮湿
在洁白的翅膀下隐藏
我们的脚印雕刻在时间的沙上

早 8 点的大街

在谎言中他们被分离
向着每一个精准的方向
探寻语言的价值
他们的身体真实无比
那些虚拟的眼睛
望穿时间的线
这秋雨与这空间的阴影
抖落深度的意象
在天空与平原的缝隙里
被压缩
喘息
那腐烂的拥挤
那湿漉漉的路
那坚硬的水磨石的修饰术
守卫着——这大街的多余

仲秋之下

过于明确与清晰
那灼热的伤疤
放弃了夏天的挣扎
一堆堆预备的干柴
已经显示了它们的多余

一阵风一阵雨而已
如此暴虐的夏
轻易地被抛弃
仲秋，词语蒙上薄霜
始于懿旨①诗的重量

再也没有间断
一串反叛撕裂夏的掌控
轻飘飘的天空
越撤越远，越退越虚
旷野与城市渐渐拉开距离

①注：指皇太后或皇后的命令，它低于圣旨的权威。

秋之窗台

就这样毫无顾忌地来了
那个没落的男人，多么可悲
将我从夏天的名单里彻底剔除
多么凄凉，触手可及的空气
夜晚，孤独地携着影子
伫立在旧屋的窗台

暗淡的光线，模糊的脸庞
那双忧郁的眼睛努力地分辨
挂钟上时针与分针指向的刻度
潮湿的手臂，低垂的重量
那一枝干枯的藤蔓
已经遗忘了那些神秘的传说

沉闷的房间充满夏天残留的霉味
无人诉说，无人探视
灯火熄灭，时间悠长

眺望远方，黑夜穿过身体
一本巨书已经合上
月光里，那无聊的文字跌落一地

皮肤和空气一样僵硬
多余的细胞陷入沉睡的泥沼
善意的鬼魂挤满封闭的房间
山峦撕开遥远的地平线
天空破晓，湿漉漉的清晨
叩击着早已陈旧的窗台

间

再也找不到事物间的逻辑
那些丢失的羽毛与光
揉碎满地。那些哭泣的影子
如现代人的脸，如海
神秘得毫无波澜
一棵树与另一棵树
一只鸟与另一只鸟
以及它们间的混合
那些彼此照映的影子
在词语间，依然斑驳陆离
多么可怕，迷失
在秩序间。可能的信仰
以及它们的语言。这夜空
如此庄严的外衣
点缀后现代主义的舌头

孤独的洼

·第三辑·

某天，拒绝

某天，拒绝治疗

自然地生，自然地死

某天，拒绝受教

平凡地学，平凡地练

某天，拒绝养生

天然地来，天然地去

某天，拒绝，再拒绝

那些如浮萍活着

依然向往着明媚的春光

渴望着灿烂的夏花

收获着金灿灿的秋果

某天，拒绝

拒绝这白昼和黑夜

拒绝这升起和坠落

拒绝这欢乐和悲伤

拒绝这滚烫的热血与歃盟

拒绝一切可能的存在

拒绝我们脚下腐烂的泥
这风拂过，让我们
依然坚信未来的生活

聆听

闭上眼睛——
风的手掌拂过身体
闭上眼睛——
雨的疼痛滚落肩头
闭上眼睛——
时间在气管里呼吸
闭上眼睛——
天空吮吸进了胃里
闭上眼睛——
黑夜悄然攥紧颅骨
闭上眼睛——
喉咙已经失去言语
闭上眼睛——
光明紧紧压迫额头
闭上眼睛——
这个世界已经变空
闭上眼睛——
聆听——
上帝叩开心门的声音

我们会有

会有雪花飘落

会有微风拂过

会有桃花盛开

会有温情脉脉

会有，会有……

疼痛终将消失

欢乐终将来临

那条潺潺的小河

终将流过我们的心窝

我们会有幸福

会有快乐，会有爱恋……

我们会有爱的照耀

温暖的抚摸

欺骗与软弱已经远离

愚弄与麻木已经远离

我们会有辉煌

会有不朽的信念

会有燃烧不熄的火

旗子

招摇的旗子就在前方
迎着凄凉而又孤单的风
哪些邪恶的鬼灵？
狭窄的眼睛闪耀金光
肥厚的手掌挥舞着
指向迷离的远方
远山、远树、地平线
精神的病痛穿越迷宫
模糊、清晰、恶作剧？
在晚霞里沐浴
在辉煌的寺庙里歌唱
那些行人，那些脚步
那些影子，那些呼吸
在暗淡的光照里消失殆尽
它依然孤独地飘扬

小城之灯

——深夜踏过沁阳城

一

女娲的泪滴打在一块沃土上
在沁河湍急的臂弯里孵化
这个小城。耗尽了
整个神农氏的药
如此怪诞，如此凄凉

一切都已消失。抚摸
灯的炎热，在体内爆炸
这个小城。犹如空虚的火
每一个漆黑的夜晚
撬开骨髓的缝隙，自诉哀怨

谁能推倒这密不透风的墙？

三圣塔的风铃摇摇欲坠

这个小城。虚弱的灯火

谁在守望乐圣之情？

野王城散落的碎片怎能拼合？

天宁寺的钟声撕裂夜空

虚构之景，犹如孱弱的老妪

这个小城。挖掘自己的手掌

谁在聆听情圣的低吟？

罩怀古画，犹如月食灯影

二

昏黄之灯，深夜的眼睛

孤独的月亮滑向小城后脊

树叶上的汗液散发着沉闷的热气

深夜，隆隆的车轮碾过

我的心脏。停留在

影子里

寻觅那一枚丢失的针

一种"赎"，暗示着

梦寐之石

我又怎能将这夜荒废?
空荡荡的
深邃的街巷和巨型的手
裹紧夜行的跫音
你如那一枚银针
刺穿这夜与我的身体

内鬼

浅尝辄止地沉睡下

再一次搜索思维的墙壁

一支烟熄灭

欲望的手指指挥自身

伸向空荡荡的烟盒

黑暗抹去了影子的额头

他紧闭双目

身体的重量减少

飘浮在室内压缩的空气里

想象远比光明轻

一个精灵拂过发梢

疑惑，拆解，重装

一个世界打开

另一个世界关闭

鬼一直潜伏在自身的冰里

你的来

—— 2024 年 1 月 5 日晚记

伴着雪落

伴着细微的风

你涌来

如此的燃烧

在那个瞬间

这个世界突然攥紧了我

空荡荡的天空

被填满

你的眼睛，你的睫毛

还有那可怜兮兮的脸

一种荒废的情绪

被打捞

被拽出

这空虚的皮囊

多少年后

依然可以填充

那一个细节握紧彼此的温度

那夜色如我如你

在雾中降下来

夏日的河岸

不再有黄昏。消失的
倦鸟已经沉入山峦
空荡荡的天际，犹如眼睛
那些被睫毛遮蔽的线
编织起一张影子的巨网
箍紧大地，箍紧自身
独坐河岸，犹如透明的树叶
昏黄的光揉碎身体
发光的舌头敲碎牙齿
任何话语都是多余的
此刻只愿与事物一起溶解
沉闷。再看一眼
原野犹如陈旧的家具
虚无的幻象重整茂密的野草
绝望的气息散发着诗味
时间犹如小说的描写
漫长的线与灵魂一直纠缠

多么希望你能够听见
白昼消沉，黑暗泛起。今夜
透过这光的纹理能否望见星辰？

那个可爱的世界

我们走向彼此。在阳光下
融化掉尾随的影子
抚摸彼此的手
起伏的胸膛燃烧如烈火
眼睛里，那些闪光呀
充满了神圣的欢乐
我们呼唤着彼此温馨的名字
那个可爱的世界呀
饮尽美酒，贴近草地
细微的风拂过荡漾的脸庞
那些音符扣紧耳朵
滋润着身体的每一个细胞
开始吧，从现在，我们寻找
那个可爱的世界呀
如精灵摇曳着清晨
如杨柳揉碎那河水
如蜻蜓点点粉红的荷

在心底划下痕迹
让清晰的雨穿过时间的手指
那些曾经凝固的骨头
松弛，在那个可爱的世界里
让我们走进彼此的空谷

疯狂

突然间，烈火消失
大地被焚毁
烟，呜咽如婴儿
耳朵贴近裂缝的夜
聆听，隐藏的喧嚣
在深埋中
涌动的泉水

黄昏

再一次撕开那臃肿的疤痕
绯红的血迹照亮嘶哑的喉咙
这个时辰需要打磨　需要锤炼
需要将滚烫的灵魂摧毁
一地凌乱的碎片击中光芒
那身躯　那山峦　那条河　那段路
又一次在滚烫的血里洗涤灵魂

接近零点

冰冷的大街，没有多余的人群
最后的疯狂在酒中看到白色
一个女人，她挂断了电话
无声的世界开始延续，裂变
我走向那越来越暗淡的色彩
亮度划分开我们彼此之间的距离
洁白—碧绿—天蓝—
赤红，以及孤独的黎明！

沉默

黑夜。我转过脸
抚摸那沉默的手掌
毛孔摩擦力过于清晰
那些庞大的陷阱
犹如一张张巨型的网

彼此身后，看不到语言
篝火。沉默的灰烬
犹如飘舞的飞蛾
在死亡的悬崖酝酿开始
多少年了，一同失去悲伤

上帝的灯亮着
自己的灯已经熄灭
她背过身去，沉默
我看见空荡荡的走廊
还有，那闪亮的白色

辩护。那一丝岁月的甜
暗淡了，犹如那晚的月光
一个词就能刺穿灵魂呀
彼此闭上了眼睛。沉默
黑沉沉的，这个世界滴血

两匹马

多年以后，一匹马与另一匹马
四目相对。它们的眼睛熊熊燃烧
犹如炭火跳跃。金色的鬃毛
穿越太阳，烘干了它们的泪水
撕裂，撕裂，谁撕裂了彼此的身体？

火焰与精神流过它们滚烫的血管
是不是一个天才的诗人，分开身体
进入两条河流？犹如撕碎一块手帕
它们在欲望的直线上黯淡下去。重力
失去了平衡。它们与天空的蓝绑定

多年以后，在那个黑暗的小酒馆
它们平静地投下几枚粗糙的硬币
一柄与另一柄洁白的尖刀，刺进
彼此的身体。它们为那圣洁的
白色灵魂流干最后一滴绯红的血

写作

一杯水，清洗肠胃

颤抖，没有方向

严肃的睫毛

冰冷的手掌

空虚的胃

那一地惊悚的废纸

点燃剩余的灰烬

身体越来越窄

窒息的空气

攥紧额头

潮湿的手指

叩响音乐

胸膛爆发火焰

最后那声呐喊

拖得太久　太长

夜晚是白昼的汗水

汗水是爱的分泌物

灵魂被拖出了肉体

在阳光里

胃和心脏沉睡

我的诗

悲伤，我什么也没有留下
你的小身体，你的睫毛
一切都是那样忧郁
你也很遥远，完全不在
我的掌中。那一根根芒刺
刺穿我的额头和汗水
那些语言很近，触摸
我的皮肤。它们将我从兽群里
拔出。没有泥土，没有水分
干净的手指和视线让人落泪
恐惧的骨髓充满脊椎
那一串疼痛犹如狮子的舌头
那拥塞的胃将我慢慢吃掉
它们在烈火里分解、蒸煮
冷却、腐烂、膨胀、发酵
那一滴滴血从管道里渗出
那一只雨中的鹰呀，它的羽毛

照亮整个夜晚。一只狼
那凶狠的目光，将我逼到
那清澈的水潭底部
火一样的身体与嘴唇
呕吐不止。我失去我的诗
我的诗在纯粹的火焰中燃尽
那一堆剩余的累累白骨
攥紧我的灵魂、呼吸和身体

喷泉

胸膛裸露，在太阳下
从不知名的血脉涌出
日日夜夜从不间断
大地的精髓，燃烧永恒

没有观众，在月亮下
它将自己的刀反复打磨
锋利的光芒照亮路径
在黎明中，它扼杀石头

跌落太久，空荡荡的隧道
时间的骨头，攥紧血肉
激情的声音，穿透大地
白色的泡沫，破碎一地

根茎植于何处？起源
充满了鬼魅似的神秘

上帝随手丢弃的眼泪
经久不息地埋葬掉伤口

被命运抛弃的时间
它便不断叩击大地之门
那些裸露的黑洞连续轰鸣
在胸中将堆积的羞辱抹去

偶有驻足。凝固的雕像
那些嘶哑的喉咙低头饮水
尖利的喙啄穿它的身体
它打捞众鸟遗落水中的影子

你奔涌而出，倾泻而下
你是地心的风暴与词语
天空无法读懂你的密钥
将你抛入地狱，流血不止

冰冷的眼睛托举着灵魂
潮湿的身体刺入掌心
疼痛的思维凝聚成冰凌
恐惧与寒冷将大地击碎

荒原上的一棵树

死气沉沉的天空

凄凉的原野

犹如低垂的睫毛，融入云端

远方　一棵树矗立在视线里

微风拂动它张开的手臂

犹如垂死的眼睛

谁在眺望？谁在诉说？

一切都在沉闷的气氛里活着

风，如此的冷漠

渐渐膨胀的胸腔

试图吞噬掉这原野上最后的绿色

它一生辉煌，但是这风

这逐渐强暴的风

却要在瞬间毁掉它整个生命

荒原呀，这风中之脊

它张开双臂将这身躯紧拥

卑微的树呀，沐浴在雨中

那惊雷　那闪电
那澎湃激荡的苍穹
它在风雨里分辨文字和眼泪
它的手指将词语刻在汹涌的雨中
那些巨型的语言填满旷野
这裸露的大地将它牢牢攥紧

巨人记

一个巨人斜躺着

脚下，那城市的光芒

犹如沙粒，漏过他的趾缝

那微微睁开的眼睛

拂过城市的苍穹

犹如一具僵硬的尸体

爬满了疯狂的蛆虫

他观看，闪烁的灯

攥紧漆黑的夜空

一幢幢耸立的楼宇

飘来欲望的节奏

昏暗的灯光吞噬掉整个城市

风的旋涡　风的旋转

不安的情绪裹紧凄凉的大地

一个巨人倒在灵魂中

尖厉的吼叫弥漫破碎的旷野

绝望的死神发出恐怖的哀鸣

在回忆中贴近蓝色的思考

这个冬天如此的饥饿

又是如此的冷

在雪中，他呼吸死亡之城

推门瞬间

整个下午犹如茫茫的黑夜

局促的房间将我点燃

身体的火难以燃尽

这忧郁的暗淡

透过窗口张望

多么恐怖的暴雨

吞噬了大地

黑夜来临　暴雨未尽

推门外出的瞬间

几个鬼魅穿越我的身体

溜进屋中

转头看见它们的脸

如此无聊　如此凄凉

洁白的光流泻一地

寒冷与恐惧穿越视线

那些被雨水隔开的石板

犹如沉默的棺椁

它们早已被鬼魅抛弃

门里与门外

我的手掌抓紧

未知的命运

窗内

短暂的光芒

穿透玻璃

颤抖

在皮肤下

坠落

疼痛在血液里攀升

一切的恶源

攥紧沉默

那一抹绿色

活着，如我

望着虚无之窗

孤独

这漆黑的夜晚

一声声凄惨的狗吠

一口口吃掉　恐惧的深渊

犹如魔杖

直立肩头

压低暗室里的空气

一切都已经剥离

唯独此刻

灯光与影子一起耸立

黑夜之诗

夜晚穿过白昼
将它最后的身影嵌入
这冷清的房间

又一个寂静压窗
一半诗白，一半诗黑
我在它们之间受累

白炽灯下那雪白的光
抵御着凝固的力量
潮湿的手掌渐渐干燥

窗外那沉重的黑暗
将每颗星星攥紧
我的目光在恐惧里消失

苏醒的大地和绯红的黎明

刚开始，诗已离我而去

留下洁白的记忆和醒

深　潭

·第四辑·

消失的星辰

古老的时间　苍老的大地
迟疑的风拂过枯萎的枝头
灰烬中，我们的荣光已经黯淡
犹如那旷野中的火焰
在寂静而又空旷的野地
苟延残喘。最后的燃烧已抵达终点
死亡的生命，脆弱的花瓣
哭泣的眼泪呀
犹如这冬季的河水，已经干涸

一首颂歌　那些消失的星辰
头顶上那依然璀璨的蔚蓝
一条生锈的铁链失去了重量

泡沫、碎片　以及羸弱的身体
那残留的灵魂和精神
犹如这空洞的哀号一样丑陋
人祖女娲的手掌依然紧握金黄的稻穗

可是，它的根茎已经悲伤地坠落

在污浊的泥中低声啜泣

干瘪的脸庞　粗糙的皮肤

凛冽的雨打湿他破烂的衣衫

一双昏暗的眼睛透出渴望的光芒

一首颂歌，那些消失的星辰

头顶上那依然璀璨的蔚蓝

一条生锈的铁链失去了重量

突兀的山峦　垂死的晚霞

冰冷的空气　沉默的高压线

战栗的鸟，湿透的天，孤独的屋

那些踟蹰的雾霭和冷静的薄冰

裹着大山的腰身和那些赤裸的岩石

那些山花、野草与小径一同枯萎

坍圮的墙垣，寒风中瑟瑟发抖的枝干

一尊英雄的雕像，一串模糊的字迹

破烂的庙宇，苍老的钟鸣

一首颂歌　那些消失的星辰

头顶上那依然璀璨的蔚蓝

一条生锈的铁链失去了重量

她，在灰烬中

那间房子曾经燃起大火
在黑夜里为她的魂灵照亮回家的路
整栋房子倒塌了，只有烟囱高耸
犹如耸立在夜空中的山峰

那是一个春天，她盛装翩跹
在温煦的光里，犹如盛开的花
洁白、高挺的鼻梁犹如闪耀的灯盏
照亮整个村庄坍圮的墙垣

她的笑犹如秋天的河水
甘洌、爽朗，父亲与母亲的爱
护佑在她的左右。她的眼睛
犹如烈火，燃尽一湾眼泪

寂静的村落涨满喧嚣的声音
剩余的空隙填充迟疑的眼睛

她的倩影映入所有角落
模糊的晚霞没入寂静的大地

上帝未曾眷顾她
她死了，心，犹如烈火
沸腾的身体击穿雪白的骨头
死亡已经被劫持，被掏空，被掠夺

那燃烧之水凝固蔚蓝的天空
变成一张纸、一道黑色的闪电
一只拳头，攥紧，砸烂
那些礁岩，那些墓穴，那些洞

观沁阳二墓

一、李商隐墓

内与外，这双重的空虚
压缩遒劲的古柏和风蚀的碑刻
肃立。凄凉的手臂
微风揪紧皮肤
额头的汗滴摇摇欲坠
谁还能点燃这个夏天？

消失了，那千年的情愫
犹如密封的蜡
越久远越凛冽
那些蜜、那些痛
犹如沁河的水一样凉
谁还在哺育这片大地？

二、朱载堉墓

在偏僻的小巷扭过头
望见你，岁月雕刻的墓园
那些凝固的符号
传递着你那深邃的意义
沉重的岁月压垮古老的琴声
谁还在为这个时代鸣奏？

石雕的塑像胜于幽静的日光
机械的道具暗藏着时间的秘密
那些斑驳的图画和线
那些影子复原所有的想象
敬仰者的视线褪去光环
谁还能够解开这荒凉的符咒？

夏日之阳

过于凝固，犹如一场复仇

夏日之阳点燃自身

将火焰引向人类的话语

被描述的苦难

重复着怜悯

卑微的汗液无处可逃

沿着皮肤的纹路

绕过一根根僵硬的毛发

顺着缝隙寻找安身之所

夏日之下，遗忘爱

一双双无妄的手掌

潮湿的身体

无法抵达彼此

那一条幽幽的小河

犹如一柄长刀

撕开这个夏天凄凉的面具

街

尘埃，阳光下
穿越人的缝隙
光，黑白间沉浮

如我走过我的身体
那些沿街盛开的玫瑰
如我，走过我

喇叭如闪电
刹那间，贴紧睫毛与耳
身体被召唤，如空谷的回旋

悲伤分析

身体正被缝隙间的液体慢慢稀释

多么可悲。时间之妄

一步步蚕食掉多余的重量

黑夜被压缩进瞳孔

这狭窄的空洞，如此深邃

如此白，如此浊

再也没有可能的盐分

揉碎视域之光

可预见的邪，沉浮的暗

以及夏夜里，干净的茶，反复地煮

滗净多余的浑，残留清晰的凉

高于碎片的历史

他恰似自己的坛子与瓮

他以为，影子遮盖了上帝的睫毛

直到耗尽影子悲伤的劫

梦与碎叶

那些碎叶与梦

捏紧马路的纹理

它们就在那儿

静止

如此刻的天空

冬捏紧喉咙

相同的冷

远离

雪地之镜

无声地破

绕过它们的影子

望不到

尽头

我们惊心

在于这些沉默的生命价值

翻开它们的身体

更细微的呼吸

攥紧大地

过于沉默

低于静

梦没有醒来的迹象

便想到她

超过我的额头

如这些碎叶

在怀抱里

渐渐冷下去

那些树　那些母体

真实的光

褪去色

如历史般剥离

味道

一块沉睡的冰

如大地

野蛮的熟

旷野的沉

虚妄的视线

枯叶

低垂的傍晚

烟尘里

那巨型天空之力

剥离的味道

秋天

已经渐渐消失

苏醒的冬

弥漫凄凉

身体持续地下降

时间归于零

途中

一旦注视和描绘

音乐便消失，如耳中

沉醉的风

演绎天使的舞蹈

死亡

在通往时间的途中

循环

骨头的白，如鹅翅

大地燃尽自身

那些灰烬跌入空谷

永恒地沉没

墓之声

寓言 2

已抵秋天，睡眠重于自身
假如此刻的梦再沉一些、细一些
碎一些，那低垂的帷幕升起
那斑驳的影子闪烁
那些光，那些可能的描述
如此惊心，如此细腻
此时此地，我们会低一些
略一些、甜一些
尘土不属于它，这秋夜
相反，它们处于彼此的掌中
假如天空始终处于死亡的腹中
那些卑微的虫鸣与风
定会保持另一场生活的钟
秋天了，所有动物都准备酣眠
多余的狼依然在清点夜幕下
那闪烁的眼睛与瓶
它们用自己内心的尺度
反复地丈量着夜空之深

转角

每一次都是如此。看不见
那些转角的暗。瞬间
闪过，多于漫长的路途
很多时候，内心想象
一种异样的喧嚣
总是被一种莫名的伤
占据更多的空
补白、填充、推迟
那些惊诧的酝酿压缩脑髓的轻
身体的转角如黑洞的幽
攥紧每处疼痛的肉
嘎嘎的骨关节，在暗处
转动，调整方向。肉体
多么卑微。那些峭拔的转角
如刃，一次次划过呼吸的锐

蝙蝠

黑夜，倒挂在枝杈之上
视力在模糊的世界里衰退
耳道，犹如幽深的小巷
它的敏锐在于——
一根体毛就可以穿透
又一个漆黑而完整的墙
它之影犹如一把锋利的刀
划过夜空，将斑斓的星光
切割成线，又将乳白的月
分割成岛。它不属于这个世界
它属于那个更加黑暗的夜
它的力量在于将空气击穿
在于紧握方向，在于聆听风声
它的骨头是极为隐蔽的柱
那形状、那颜色，镶嵌进坚硬
的翅膀。那些细小的羽毛
犹如一枚枚闪亮的针

一点点将浓密的黑暗刺穿

它是黑夜里的乌云

它将夜色裹入羽翼

它将传说压缩成气体

它饮尽所有的黑夜之毒

它是那清晰的黑暗之火

那令人惊骇的出生与模糊的

死亡，一起点燃整个夜空

影子的阴谋

生活在自己的影子里

显得多么多余

——如此多余

身体无法生长和超越

影子禁锢住骨头

一切时间与空间掩藏于洞穴

掌控，这一切

多么艰难

它的手掌，惨白，如月色

那一柄沉默的剑

剖开腹部

那些流淌的液体

刺穿黑夜之颅

多么可怕，这小城

坚固的垛口

一点点吞噬掉历史的底气

滚烫的街道混合着

沸腾的余晖

蒸煮掉最后一丝昏黄之光

那臃肿的影子

攥紧皮肤

脱离被掌控的死亡

唯一的手段——

就是闭上悲戚的眼睛

沉重的影子

我的手掌从身体里
延伸出来
穿过厚厚的冰
纷纷跌落　那些水滴
在洁白的光里
影子犹如厚重的铠甲

决裂，从虚无的胃
与那将死的命运
没有血　也没有纠缠
一个神圣的梦幻
禁锢在惨淡的影子下
大地被撕得支离破碎

那崭新的黎明
从我的左手燃起
第一缕曙光

在洁白的墙壁上

影子已安然入睡

此时词语犹如烈火将我抓紧

命令

如此刻薄的白色

带入暮色之中

那些声音尖利如刀

灵魂被初秋的蝉鸣反复折磨

你已忘记词语的尘埃

那些没落的男人

犹如凋零的秋葵

被你的指甲一一咬破

苍白的时间被暴雨占据

恐惧的眼睛隐藏于地下

偷偷阅读一本巨型的天书

那些文字犹如漆黑的蚂蚁

将身体的毛孔一一穿透

多么艰难，一如你的喘息

破碎的鸡毛

让我们握紧酒醉的细胞

工作

持续不断的光涌入现场

被照耀的皮肤

暖暖的

从来如此，一直如此

时间的线纠缠着

那一块又一块虚无的空间

饥饿，填充，再饥饿

无限制地循环

直到耗尽最后的饼干

夜空，模糊的大地

视而不见

那些遥远的城堡

高耸的塔尖

黎明的黑暗里

有人在空中高唱

那一串难以确定的音符

夜晚，焦虑的最后一层

被黑暗之火一点点融化

夜思

神奇的夜晚，幽灵出没

爬满时间的绳索

炊烟缠绕着树枝

如一张张苍白的脸

多少疼痛，多少年

我的手掌一直托举着

它们的重量。在空荡荡的心里

一直望见。我的故乡

我的血，我的眼

在身体的缝隙里埋下的

引线，仅需一点点火星

就能将那些堆积的炭

点燃。漫游，漫游，在他乡

多于悲伤的铁器与骨

将孤独的胸膛与唇揉碎一地

舌

多余的存在

犹如那一轮落日

在幽深的山谷

被风之豹一点点吞噬

时间，忧郁的树叶

在湿漉漉的空气中

苍白的脂肪　幻化的烟雾

燃烧掉自己的身体

它曾经穿过阳光的甜

在火焰里沐浴

过于臃肿的词语

趋于克服暗淡的喉咙

黑暗的地铁隧道

持续而又尖锐的旋转

疼痛的美感

口腔的灰烬慢慢泛黄

活着的碎片

· 第五辑 ·

三月夜

如此暗淡。再也看不到
那些收缩的冷
终点如此突然
如孔雀收拢起羽毛
表情独特的脸庞
此刻退潮
再也无须牵挂
那一抹凄凉的晚霞
隐去语言
从内部的结构燃起
那些薄薄的骨架和经络
如此虚弱，同——
历史的面具轰然崩塌

黑夜颂歌

一

一切都在沉睡。唯有我自己
大地如此的沉重。犹如那个
泪流满面的白昼。想到你，想到那些
让我愤怒的时刻。灵魂该如何活下去？
拥挤，拥挤。这个消逝的世界
已经无法看到自己。骨髓以及
那些岩石，已经进入那个幽暗的洞穴
光滑的，坚硬的，流浪的。死亡的
光芒在消逝。那一切的静呀
敲入骨髓的音符，注满这双眼睛
黑夜，犹如那心中的海洋
深不可测。我的双手如何掬起
那一朵微小的浪花？太细微了
犹如你不可见的花朵。其实

手里什么也没有。卑微的

以及高贵的。那些都是多余的

黑夜，又一个让我体贴的空白

抓紧了我的身体。冰冷的时间

冰冷的存在，冰冷的茶叶。一切

都在沉淀，如你的心。我陶醉

在你静止的河流里。那些温暖的小溪

那些柔情的山峦，那些安慰的文字

如此黯然，如此神秘

二

她已经酣睡，犹如这静止的黑夜

词语再也没有延长。那躯壳在微风里

荡漾。一切安好。消失的以及那些复原的

图画，恰似你温柔的目光。黑夜适宜

诞生爱恋，适宜产生柔情，适宜弥合

分离的肉体，适宜抚摸爱的秘密

可是，那一切闪光的事物都与我无关

黑夜适宜沉默，适宜想象，更适宜流泪

这一刻，灯光才会照射我洁白的脸

孤独的夜呀，孤独的静

孤独的黑呀，孤独的泪

那双手过于洁白了。它们根本无法握紧

一丝丝的光。没有任何事物可以穿越

这样的一个时刻。她不会来临

那里只有欲望的河流。那仅仅就是

撕开彼此的面具，仅仅就是欲望而已

震颤与顿悟，太短暂了，它无法承载

一丝泪滴。告诉我，我该如何贴紧你？

这笼罩着的黑夜呀，被谎言与欺骗占据

泡沫与尘土消失了。它们都被挤压在

那些可见与不可见的角落

围困，围困。所有的时光与灵魂

犹如那冰凉的河水。全部燃烧掉了

又一个凌晨，又一个自己。黑夜中

一个在诞生，一个在飞翔而去

什么都不想，什么都不要

只希望在你黝黑的怀抱里哭泣过去

三

我在我的墓地仰望星空

斑驳的月光，犹如静默的树

充满神奇的脸。黑暗太过沉重
压迫着起起伏伏的胸膛
一个又一个土丘。鳞次栉比
犹如一条墨线延伸向模糊的空间
一些鬼火，明明暗暗，时近时远
呼吸还是非常畅快的，恰似小溪
潺潺地流淌。此刻，适宜自语
适宜沉默，适宜无聊，适宜狼嚎
翻一翻记忆，想一想遗忘
它们都是永恒。一个是生
一个是死。它们都活在黑暗里

黎明到来。灵魂死去
我的肉体依然活着。燃烧掉
这个关于美好生活的设计
匆匆地来，匆匆地去
此刻的墓地将我的肉身一分为二
一半黑暗，一半灯光
还是那么美，还是那么白

四

一切都在沉默。唯独我自己
那一望无垠的黑夜呀
嗓音越来越沙哑
你无语，我无语
那沉默也变得僵硬而又勇毅
一切都静止了。一丝丝虫鸣
也没有。昏暗的灯光照耀着昏暗的脸
伸手就可以触摸到
那宁静而又流淌不息的河流

想吧！想吧！所有可以存在的事物
都被这黑夜剥夺掉了。狼藉满地
攥紧自己。攥紧自己。攥紧自己
所有庄严的事物，我们务必与它们
保持距离。那是火，那是冰
千年的锤炼融化为水，凝结成泪
在这个知名与不知名的世界里
慢慢地浸透，慢慢地消失，慢慢地煮沸
夜已深。夜已深。深夜已掩埋
那一切都在加速远离。唯一剩余的
我的鼻息正一点一点细嗅这沉重的夜

五

黑夜的影子，犹如一个幽怨的宫女
在荒凉的地板上爬行

黑夜没有一声鸟鸣。细碎的声音撕裂
斑驳的月光。此刻，一阵阵
紧促而又冰冷的风穿越脑髓，掠过
额头，浸透所有的细胞。深思
黑夜该如何进入我的身体
让那胸中的恐惧安静下来
一切都在消逝。如同明天那煞白的世界

灯光，一柄柄锋利的剑，划开黑夜的锁链
苍穹被扩展，被压缩，被让渡，被解除
这个黑夜将那些被分割的空间
——打落，——敲碎，——吞噬
这个世界越来越斑驳，越来越破碎
越来越难以复原，越来越孤独寂寞
它属于。它不属于。那些泪痕被悄悄抹去

黑夜在。我们还未开垦。那些荒凉的土地呀
在压缩的空气里喘息。即使没有人涉足

我们依然犹如火光，在黎明来临之前
烧透这个夜晚。夜空就是永恒的雕像
耸立，犹如磐石。解开这个紧张而又脆弱的
世界，让我们保持对彼此的安慰与想象
依然保持辉煌的注目，依然保持僵硬的体温

六

黑夜来临，笼罩着沉重的穹顶
犹如一座巨城扣在巅峰
风一直在吹。直到我洁白的床榻
你不在，我也不在
所有的危险都不在
空旷的原野保留着神秘的传说
那条小溪，那个故事
那段声音，咬住我的耳朵
一切的虚构都被这黑夜轻轻地抹去
此刻，一双大手揭开大地的面纱
那些涌动的泉水
那些澎湃的肺腑
突破黑夜坚硬的躯壳
一缕光让即将逝去的夜晚瞬间变成白雾

悲壮的乐曲结束了，余音绕梁

惊恐的人们久久未散场

仰望，仰望，那辉煌的夜空

我的手指再也没有叩击

那一串串拼音文字

洁白的键盘布满厚厚的尘埃

时间的杯盏敲响了沉郁的钟声

宣告：那些消耗的、畏惧的物质

必然永恒地重生。光明隐藏

向着潮湿的大地呐喊

赤裸的身体燃烧苍凉的荒原

七

我在黑夜中醒来

沉睡的脑子离白昼越久

颅内细胞越活跃

眼睛越清晰，看得越遥远

眼光犹如狼眼一样闪亮

生活在白昼中展开

在黑夜中来临

犹如仓鼠一样在黑暗中奔波

窸窸窣窣地寻找

日复一日，年复一年

独坐窗前，遥望夜空

夜幕犹如一个巨笼

将人类悉数收纳

帷幕落下

我们与星星一起睡去

城市上空的月色

远离了我

犹如火焰

渐渐熄灭

手里只有灰烬

送走了喧嚣之光

秋天的夜晚更加荒凉

一切刻意的寂静

期待下一个绯红的轮回

八

又是一个炽热的黑夜
又是两躯繁忙的身体
一切建筑都在堆积
一切活跃的细胞都在——盛开
那些虚构的故事已经毫无意义
那些语言充满了表演性的成分
从一篇冗长的小说到
另一篇更加冗长的小说
该放大的已经放大
该缩小的已经缩小
这个世界已经毫无保留
犹如裸露的岩石一样闪亮

全职诗人

时间如弯刀

割去一切可能的预见

多余的悲伤敲响

空谷的回响

假如能够探寻来生

我甘愿

做一个全职的诗人

做一个纯粹的诗人

做一个正义的诗人

做一个有道德的诗人

做一个有重量的诗人

做一个敢于讲话的诗人

可是，何方如来生？

现实如玻璃，轻碰便一地碎片

抹去一切可能的脸

永不熄灭的篝火

燃尽这大地惊诧的凄凉

日常生活

无须更多情感的负累
只需将左手放在右手的掌中
在心底渴望，一丝清凉的暖
一点轻微的静
一杯洁白的茶，它们
过于轻微，犹如精神的重量

少一些多余的恐惧
将这一片片词语的羽毛
涂上盐，晶莹的闪光
犹如空荡荡的夜空中沉睡的脸
仰望，黑暗多于繁星
愤怒的沉睡被轻轻唤醒

过于神秘，犹如这洁白的月光
漏过心灵的空隙
贴紧耳朵里那一片荒芜的野地

靠近它，在深夜

悄无声息，闭上眼睛

与灵魂的暗河一起栖居

细雨

昨夜，如此辉煌
突然间，覆盖了大地
天空也愈发闪亮
细雨如梦，如谜
落下去，落下吧！或许
它不仅仅是一件微茫的事
只要开始，一切都会向好
我们祈祷，我们呼吸
这细雨如此的神奇
细嫩的爪子勒紧大地
站立在你的羽翼下
爱滋润着身体
如此幸福，如此迷离
一场细细的雨呀
灌注进这无垠的土地
那一束苍老的玫瑰
我们再次想起

这细雨

这夜，一层层地剥离。我们

这声音，一层层地飘起

如此辉煌，昨夜

突然间，我们不再被遗弃

重演那个声音。它没有死去

2022 年 4 月 26 日凌晨 4 点

于上海乌鲁木齐中路有感而作

深夜·回家

一

身体里持续下降的重量

手掌和脸托举起

冷与夜

那些闪烁的星辰

值得注视与听

另一些刻意的悲伤

禁锢着胸膛

多余的血

多余的篝火

灌满黑暗的大地

以及这过于深沉的夜

如此无耻。踏过那些落叶

那些碎片，如历史的背

如那些白色的外套

遮掩着琴弦
那声音没有死去
如同我们穿过深邃的瘦

二

雾霭的手掌攥紧时间
越来越清晰的冷和
那些多余的黑暗
被压缩掉凄凉的部分
剩余的灯光阻塞喉咙
一切声音都消失了
只有隐藏的脚掌
奋不顾身地丈量着
回家的心与路
从这里走到那里
穿越一段臃肿的墙
对于某种紧张的秩序
身体与耳朵保持着距离
走过去，走过去
后现代主义的雾霭和胖
与这个深夜共谋

砸碎镜子与看不见的蜡梅

三

这夜如潮水般涌来
丈量身体的宽度
脊背渗出沉重的凄凉
此时此地，凋零的梅花
在雾中，浮现
我们的余生过于简约
与时间贴紧
彼此的手雕琢黑夜的容貌
抚摸幽邃的经络
如冰。假如点燃篝火
能否燃尽这巨型的穹顶？
在他们的沉睡中穿过
这漆黑的墙
那些如精灵般的声音
如山峦叠嶂
如潭溪凛冽，夜
贴近耳、骨头与心

夜颂八首

序曲

夜晚
千万个梦
降临人间
沉重覆盖原野
窒息的气氛。弥漫

一

我醒来。我睡去。在黑夜里
遥望漫天的星斗。寂静的荒原恰似
沉默的身体。静止的温度打破
斑斓的夜色。一块岩石，闪耀光芒
僵硬地挺立。那巨大的黑夜之口
将它一点一点地吞噬。疼痛

一直没有止息，沉入幽深的骨髓
犹如浪花。随着波涛时常泛起

我醒来。我睡去。在黑夜里
躺在你沉重的怀抱。那沉睡就是
一面令人生畏的旗。如此的深邃
如此的博大，如此的忧郁。你的手掌
将我覆盖。你的体温犹如火焰将我点燃
在烈火里，你高贵的容颜燃烧殆尽

二

白昼越来越短。夜晚越来越长
每一个此刻来临的黑暗都令我沮丧
如此寂静。又是如此沉重
犹如此刻疼痛的身体。飘浮，飘浮
灵魂的皮囊战栗。如此无法控制的时辰
潜入这苍凉的大地。黑夜的重量
令人窒息。那旷野传来忧郁的喘息
这黑暗可以点燃一个夏天

无法描述。无法修饰。无法言语

那些永恒的图画在此刻一一逃离
闭上那双混浊的眼睛。一切的梦幻
便照临这膏腴的大地。这些卑微的
肉身呀，一点点消耗，一点点燃烧
那些点燃的血液在爱与谎言里沉入苍老

三

此刻我敬畏。此刻我悲凉。在黑夜
远方传来湿润的钟声。清真寺耸立之塔
恰似一枚闪亮的剑。插入黝黑的皮肤
端坐在洁净的玻璃之后，再也无法走进
那虚妄的湖心。森林与麋鹿，草原与骏马
蓝天与雄鹰，大海与浪花……纷纷坠落
穿过头颅，穿过脸颊，穿过肺腑
穿过肠胃……燃烧卑微的肉身，化入泥土

没有臃肿。没有阻滞。没有恐惧
十根手指。十根脚趾。插满黑暗的竹签
那身躯流着血，犹如水。那沉重的大地
摇摇晃晃。渐渐模糊。渐渐远离
愤怒与词语。彷徨与想象。背叛与爱恋

——将我测量。犹如踏在云彩里一样

四

一片模糊，在眼前。一片清醒，在头颅
目光里挺直着那条笔直的马路。心底里
矗立着两排昏暗的街灯。那些斑驳的影子
靠紧各自冰冷的身躯。爱即孤独
爱即卑微，爱即黑夜的精灵。依偎
拥抱、体贴。那束光照耀梦境。那束光将
肉身送上黑夜的顶端。又一千顶树冠
又一千只手，又一万个被托举着的灵魂

那些看得见与看不见的黑暗，犹如风
吹拂着雪白的皮肤。一个又一个毛孔
逐步地收缩，渐渐地紧张。那些虚妄的
光束打到脚下，打到僵硬的地面上
消失了。来来回回，犹如锋利的刀
划开了一层又一层黑暗的头发与纹路

五

适宜更纯粹的生。适宜更纯粹的死。黑夜
静悄悄地靠近。那些听得见与听不见的声音
敲击着沉着的情感。一遍一遍地讲述
一丝一丝地倾听，一点一点地靠近
一滴一滴的眼泪。灵魂被闷下又提起
窒息又敞开，天幕化作火焰，燃烧殆尽
恐惧，一种动听的歌谣，恰似清澈的河水
在闪亮黝黑的穹顶，逼迫着苍凉的大地

沉睡。千年不衰。繁星点缀浩瀚的宇宙
在街道的尽头。虫鸣以及那些匆忙的脚步
消失了。卑微的思念在悄然生长。远方
在黑暗中的远方。悠久的故乡闪耀着光芒
此刻，让这一息尚存的肉体在故乡的灯塔里
沉睡。黑夜呀，抹掉了故乡迷失的翅膀

六

又一次地陨落。又一次地升起。那力量
那激情，那鲜血，是你唯一的恩赐
这个世界全部涌现，犹如泉眼。安居于

你的心中，沉睡。这就是不朽。雕刻
那块僵硬的岩石，打磨成镜，可以映照
所有的光芒。唯独看不到自己的脸庞
冷漠的镜子破碎，潜入大地的缝隙
燃烧的篝火，静止。在黑夜，太阳已经熄灭

晶莹而又饱满的露珠，照亮夜行人的路
它们就是这个世界的鬼魂，为了补充一粒米
的热量。匆匆行走在这条冰冷的大街
一如既往。陨落始于勇敢，升起始于卑微
梦撕开黑夜的皮肤，犹如纯洁的精灵
触摸、安慰、舔舐着每一个疼痛的人

七

一切怎样来临，必将怎样消逝。黑夜笼罩
摧毁烈火。不朽的头颅，举过耸立的山巅
划过，划过。一道闪电斩断黑暗之首
世界瞬间彻底洁白。寂静的身体，寂静的
思想，寂静的窗棂，寂静的树叶——婆娑
那个世界已经消逝。这个世界已经来临
此时可以酣眠，可以微笑，可以贴紧大地

隆隆的雷声已经远了。万物都已各自栖息

花朵在温暖的气息里泄露了芬芳。卑微的
野草撕裂了胸腔。一个个深埋的蝉蛹正在
苏醒。这黑夜在孕育一股蛮荒的力量
穿透这膏腴的土地。一双双坚硬的脚
深深根植于这肥沃的土地。一双双
粗糙的大手挣扎着伸向那绯红的海洋

八

喧嚷的白昼醒来，静止的夜晚死去。黎明
在幽深的爱与深情里复活。一切都在相互
孕育、诞生、成长、开花、结果。如此驰往
一定就会如此驰来？闭目。合十。盘膝。祈祷
犹如置身波涛，犹如盘踞圣殿。救赎
在心底悄悄泛起涟漪。那洁白而又冰冷的
雪花覆盖了大地。蛮荒的原野呀，挺立着
一个又一个冰清玉洁的珍珠，霎时月光似乳汁

自我拯救。关于灵魂，关于敬畏。关于恐惧
一切书写都蘸满心血，一切文字都充满凉意

静静地思考，静静地逃离，静静地苍老
上帝之手攥紧这个宇宙。缝隙漏掉的每一粒
尘埃，化作一个又一个肉体。注定就是
那火焰，注定就是那燃烧。一切消耗殆尽

曲终

一个实验
关于梦
在黎明蒸发掉了
爱之慈悲
东方绯红一片

夜晚，我穿过这个城市

夜晚把这个城市

压缩进巨大的穹顶

一条又一条小巷

如此冰冷。那些街道

犹如密室　犹如白纸

昏黄的灯光延伸

犹如黑暗之路

夜晚，我穿越这个城市

空荡荡的　犹如我的心

毫无寄托。空城

一座空城　在深邃的夜晚

与一头怪兽　奔跑

流浪　抛弃。那些灯光

犹如瀑布　漫过城市的额头

手掌拂过寂静的河水

多余的脚趾与多余的水草

犹如疯狂的恋人

与那宁谧的月光

孵化一枚卵子

湿漉漉的　仿佛沾满露珠

与悲伤的胸腔一起燃烧殆尽

夏夜之书

一

黑夜潜伏，将这巨型的天空
掩盖。那幽邃而又巨型的黑洞
将那些飘浮的尘埃吸进胃里

端坐大堤的长椅，那轻轻的风
拂过身体及额头。背后的影子
在某一个深邃光斑里悄然消逝

这黑暗的夏夜似乎比饥饿更古老
这沉重的帷幕犹如那倒悬的海洋
那些光犹如炽热的火焰焚毁记忆

阅读夏夜之书，那些标语已悄然
解体。鼓噪的虫鸣是无法定义的

暴力，它的刀将赤裸的听力劫持

馥郁的荷花香掠过鼻翼，犹如
神秘的爱情一样敞开了闪亮的
胸腔，水中倒影裹紧滚烫的夜

夏夜之书填满了丢弃的颅骨
那些词语的碎片犹如天上星
犹如繁花，坠落入黑暗之夜

清凉的水里的脚趾与一块石头触碰
它近似骨头，却无法支撑血肉
长期被水打磨成超越死亡的存在

巨型的天书与我们的眼睛一起
闭合。视域外，茫茫的黑物质
犹如渐起的风，击穿僵硬的耳膜

那响亮而又开阔的钟声
在高耸的塔楼顶端，缭绕不绝
那些声响穿透了这厚厚的城市

夏夜之书写满腐烂的动物的尸体

那些悠悠的哀鸣将这巨型的天幕
关闭，低垂的帷幕抖落满身尘埃

夏夜之书剧情越发深邃而荒诞
那些人物通身泛着紫色的光芒
大地的身躯在鼾声中增加重量

远处那些高高低低的修长暗影
犹如一根根铁针将夜空的伤疤
缝合，最后一缕光也消失殆尽

二

伴随着那潮湿而微弱的风
夏夜之书翻开另一个自己
孤独的冷空气攥紧房间的喉咙
墙壁上，一只壁虎纹丝不动
猎物靠近它，还是它靠近猎物
诡秘的味道漫过专注的舌头
一切准备完毕，静待秩序

夏夜之书匮乏的词语

它们过于沉默，已经毫无意义
它们的命运早已注定
那些混浊的叫声越来越扭曲
它们存在的意义越来越模糊
在胸膛中它们撕裂词语的肉身

沉默的水分越来越接近大地
夏夜之书耗尽赤裸的眼泪
那一条混浊的河流绕过视线
在记忆里散发昏黄之光。翻开
大地的脊背，汗水浸透那些
腐烂的枝叶，暗夜里那些成长
过于单纯，与土壤纠缠不清

夏夜的残骸保持着破碎的状态
悲伤与遗忘穿越这厚厚的城市
这孤独而又沉重的游戏持续数年
犹如一块粗糙而又卑微的石头
纯粹的黑暗将一切可能悄悄抹去
注定不再发生那些故事，它将
填补一切，没有留下一丝空白

夏夜之书像树一样呼吸空气

那些沉睡的鸟雀消隐在密林
弹弓的弹射将它们一一惊醒
黑暗指引着它们飞向了穹顶
时间充满尘埃，犹如细细的线
我体内巨大的骨头集聚能量
我躺下，融入黑暗，重击大地

每一天

一

饥饿与贪婪。腐败的胃挣扎着度过

触摸声音的精灵。僵硬地驱赶虚妄的时间

慢一阵。紧一阵。犹如一场生死爱欲

大雨滂沱，灿烂放歌。燃烧。一堆篝火

在腹腔里，孕育一粒洁白的种子

每一天都是一场刀枪入肉的抵达

那雪白的肌肤，那高耸的山峦

那忧郁而又衰败的野草。探索，发现

每一天都是开始。结尾持续散场

重复那不该重复的，堆积那不该堆积的

手里的重量超越那沉闷的空气

每一天都在蒸发。每一天都在腐烂

每一天都要攥紧。那些轻易被背叛的时光

二

流浪与静止。发生，一直这样持续不断
死亡在浓郁的雾中消失。不想冲破迷雾
不想沐浴光芒，也不想披上月光
只想在林间漫步，聆听鸟儿的欢唱

清晨。精神饱满地醒来，睁眼看到阳光
一杯凉爽的茶水，漫过黏稠的喉咙
坐下。透过闪亮的玻璃，眺望远方
忘记了奔跑，忘记了练习，忘记了醒来

中午。可以慵懒一下。躺在摇椅上想象
一个片段又一个片段地设计。生活不需要
过于紧张。松弛的眼睛延长绯红的窗台
神秘的微笑，斑驳的声音，刺穿神经末梢

傍晚。晚霞覆盖的旷野。在风中贴近
大地的重量。光线穿越洁白的脚趾
摇摆的野草。蜿蜒的小径。清凉的溪水
面向朴素的世界，点燃灵魂的渴望

就这样走过，多好。生命也不算太长

那些贪婪而又忧郁的时间呀，在夜晚
需要宁静地燃烧，需要悠长地煮沸
需要手指紧握，需要肩膀紧靠，需要你我

三

开始就有些虚构，一切总是这样发生
犹如大地一样沉重，犹如风声一样忧郁
渴望的影子没有剧情。僵硬而又循环的
一天，犹如岩石。在孤独的时间里取走
自己的尸体。记忆中那棵树属于无耻的
语言。在一幅混乱的图画中，我们度过
又一个白昼。黑夜，一个可以想象的
深渊。在语言可以抵达之前，它已经
隐藏了肉身。沉重的一天，犹如海洋
深不可测。一个又一个生命，连接着
一串串疼痛的思索。如此的去
如此的来。一把镰刀就可以将
整个夏天收割。留下什么？那些痕迹
恰似风暴吹尽所有沙滩上的脸
我走进。我又走出。那间房子。除了
那一段与雨一起飘落的黄昏。迷惘的

眼睛与绯红的皮肤。什么也看不见

四

寻找与眺望。那些斑斓的色彩
总是在最后的一丝晚霞中盛开
如此的来，如此的去。每一天
都是沉醉的欢愉。白昼总是太长
夜晚总是来得太迟。复杂而又无休止
声音总也没有停息。那些充满欲望的
甜言蜜语，总是饱含着多余的水分
物质的财富压弯了白昼的脊梁
无法直视的眼睛与无法想象的脑髓
同样沉重，同样苦涩，同样饱尝折磨
生活就是这样一个奇怪的困境
为白昼雕琢一个坟墓，像父亲一样
将它埋葬。夜晚是如此的纯粹
又是如此的锋利，铲断一切危险的情绪
此刻，畅饮月光。混沌的眼睛
再也看不见斑驳的世界和娇嫩的脸庞
一切都结束了。黑暗来临
送走最后绯红的光芒和弯曲的想象

五

深呼吸。每一天就是这样接受
朝阳的沐浴。那些体贴的抚摸穿越
身体，犹如小溪漫过了堤岸
滋润着沉甸甸的大地
初秋的冷空气太过肆意
弥漫过丰富的原野，弥漫过
老农纯洁的微笑，弥漫过孩童
欢快的奔跑。晨曦，在静止的原野里
慢慢舒展腰肢，慢慢贴近稻穗
高粱、玉米。轻盈的脚步走过
柔软的野草。修长的手指拂过
金色的波浪。一切如此的吸引
如此的靠近，如此的神秘
晶莹的露珠招摇着深情的眼睛
欢唱的鸟雀鼓舞着喧嚣的树林
走过，又一个舒爽的清晨
离去，又一个紧迫的夜晚
一个面向死亡，另一个面向诞生
一切都在发生，一切都在退去

六

死寂的房间，犹如空旷的山谷
越挣扎越牢固。时间腐烂你的胃
穿越精致的细胞，雕刻每一块
细腻的皮肤，血滴渗透所有的场景
每一天都是一场无休止的循环
重复的与不可重复的交织上演
每一天都在消逝，犹如小溪
潺潺流淌，永不停止
每一天都在重生，犹如山峦
青翠层叠，繁衍旺盛
清风拂过大地。一切难再复位
争斗、算计、谎言，以及伪善的脸
谄媚、陷阱、阴谋，以及虚伪的笑
一切构陷的渊薮在于心底，在于
不灭的欲望之泉。又一个发生
又一个延续，又一个期待的多余
这个充满了魅影的世界，火光熄灭
一切都归于暗淡。撕裂与未能撕裂
胸腔，犹如辉煌的利刃，一天天颓废
一天天腐朽。每一天都务必向蓝天
繁星看齐，每一天都务必紧握呼吸

每一天都务必在语言中生死爱欲

七

再也没有发生。整个上午一直想象着
那个精致的身体。过于奢侈，过于萎靡
漫过胸膛。那样神秘，那样虚妄
那样魅惑。那些烟雾虚构了视线
那些梦想缓解了疼痛，那些白色的语言
染红了孤独的精神。每一天都是一条
无可争辩的逻辑；每一天沉睡的身体
都会精准无误地醒来；每一天昏沉的
额头都犹如夜晚一样封闭。敞开
这充满了危险的手掌。捏紧
那两枚柔软的雪块。碧绿的眼睛
闪耀着月亮般的光芒。弯曲的舌头
犹如一辆绯红的赛车穿越洁白的山口
在幽邃的洞穴里发现、探索、流浪
一声，一声，又一声。预设的警报
在时间的刻度上拉响。又一次唤醒
记忆的宣告：带血的历史务必被洁白的
现代人牢记并补偿。刺痛的脸颊

灼烧的心脏，火热的嘴唇
神圣的目光，高举的手臂
一代又一代，一年又一年
那些历史的刻刀再一次将心灵划伤
风，一直在吹，直到那幽怨的山谷
一只又一只洁白的鸽子在谷底沉睡

八

沉重的一天再一次归于沉寂
多少尘埃跌落大地，多少
喧嚣蜕变如潮，多少脸庞
消失于人群。一天就是一个明证
生命就这样悄无声息地延续

多么可悲，多么可恨，多么焦虑
身体近于疲惫，犹如一股烟
眼睛近于迷惘，犹如一片云
这个身外的世界已经揳入血肉
犹如那些人的脸，可耻的玻璃

一个诗人与炽热的空气起起伏伏

快乐、懒散、粗野，以及那些算计
万家灯火盛开在斑斓的河流
那些辉煌的树冠犹如闪亮的星星
白昼已逝，黑夜降临，篝火燃起

郑州·51 杯

——致诗人梁晓明先生

风拍打着玻璃，那些掌印
晒在车窗上。一些细细的沙
吹过脸庞。诗与人，压缩着入场

郑州的夜充满了光
它们悄然吞噬掉所有的影子
一杯茶煮掉那些动荡的幽默

过程过于简洁。起伏的温度
点燃了篝火。他们的脸都闪耀在火焰里
那些绯红的关于诗的黎明

酒是一个极限。阈值在于
挑战身体与健康的底线
她说：可能也挑战伦理的边界

一个具有挑逗性的微笑胜于苍白的话语

一切痛感都在清澈的酒里

那些泡沫、那些碎片，似精灵游荡

在掌心将时间反复撕扯、揉碎

51 杯甘洌的佳酿再也无法浸透

彼此的胃以及那些即将消失的人

城市的光过于强烈

它们轻易就可以穿越你的胸膛

而我的身体更易于融化在剩余的光里

七月暴雨记

—写于 2021 年 7 月 20 日郑州 7·20 特大暴雨

一

时间的火焰在七月里点燃

它锁住所有的身体

毫不犹豫　毫无保留

灵魂的皮肤

渗出一滴滴沸腾的油渍

火一样的阳光

火一样的大地

火一样的城市

那些隧道　那些桥梁

那些水泥与混凝土混合的高大建筑

那些碧绿的树木

那些鲜艳的花朵

那些奔驰的车辆

那些拥挤不堪的人流

犹如干柴

为七月的烈火摇旗呐喊

滚烫的柏油马路

滚烫的栏杆扶手

滚烫的石狮雕像

那些严肃的生命已销声匿迹

那些僵硬的路面已踏烂如泥

他们呀，在七月裸露胸膛

向着高贵的太阳讨要活着的意义

他们的手掌炸裂一道道纹路

那些鲜红的肉呀，滴着血

他们的眼睛逆着火焰

在干裂的大地寻找生命的缝隙

火一样的村庄

火一样的庄稼

火一样的渴望

火一样的中原大地

那些山峦　那些河流

那些麦垛，犹如云朵一样飘浮

那些光——正点燃火焰

猝不及防，它陡然而至

一切辩护都是徒劳

暴雨如注。瞬间，大地吞噬了自身
是谁抖落这厚厚的雨水？
誓将这人间的火焰彻底浇灭
多么凄凉　多么疼痛

二

如此美丽　如此动人
一切犹如在画中
云中城市耸立　若隐若现
犹如一根根闪耀的直挺挺的钢柱
试图将这沉重的穹顶戳破
地上坦途　笔直如镜
它们束紧城市的肋骨与腰身
一条条柏油马路，纵横交错
勒紧了这座雄伟城市丰腴的皮肤
横亘八方的高架桥，宛如
那些郁郁葱葱的树木
那些碧绿的草坪
那些簇拥的花卉
它们将这座城市紧紧包围
那些看不见的电波、绕行轨道
那些充满了智慧的电缆

电网　水网　管网　燃气网　地铁网
无数的网给这座城市编织起
一张巨型的网
将这座城市禁锢得牢不可破
还有，那些充满了怜惜的眼神
他们的视线攥紧这座城市的角角落落
从上到下　从里到外　从前到后
从左到右……它就这样被牢牢地掌控着
如此坚硬　如此牢固

七月暴雨如注。这座城市突然坍塌了
如此繁华。如此刚强　又如此虚弱
竟如此不堪一击。多么可怕呀
肆意的雨水冲破了一道道坚固的墙
智慧与海绵一样的城市
它的胃被暴虐的雨水彻底击穿
坍塌一地……

多么担心，担心某一天
它冲破那枣红的大门
那时，该如何活着？
举目瞩望，这漆黑的城市
除了茫茫的黑夜，我们的手中还有什么？

夏夜窗前

潮湿的月光黏附

那绯红的窗帘之上

一双沉睡的眼睛

镶嵌在窗纱的缝隙里

此时，再次独立窗前

遥望那看得见

与看不见的夜空

玻璃，微弱的闪光

刺过睫毛

那些光散落一地

窗，割裂了这个世界

一个属于虚构

一个属于真实

这长长的影子属于哪一个？

在窗旁，幻想

一匹白马穿越厚厚的物质

那黑暗的物质 ——

驮着巨型的火焰

跌落尘埃

那烟尘，在风中

那绝望，在雨中

声音来自圆形的塔顶

敲碎这夏夜的窗户

耳朵传来巨响

只有它，才证明一个人活着

而我只愿孤独地

待在安静之中

阅读

在绝望的困境中，宛如深谷的花瓣
在微风的轻轻抚摸里，身体开始挖掘
一汪崭新的深泉。打开
从文字的方向眺望，那些古怪的符咒
那些萦绕的芬芳，那些鼓噪的蝉鸣
那些可见与不可见的事物
如何一圈圈将这个空洞的世界缠紧？

卑微的视觉越来越远离自身
超越虚拟的现实。这个世界需要
一个词的支撑；这座山岗需要
一个词的衬托；这面旗帜需要
一个词的渲染。它们的疗救胜于理想
这个世界充满了善意的伤疤
谁的手掌和嘴唇能够贴近这炙热的大地？

滚烫的文字犹如一块火红的铁

跌落冰冷的潭底——淬炼

跨越一段虚构的路途与庄严的情节

沉重的白昼与浩瀚的夜空

完成了第一笔交易。黎明时分

身体获得重生；日落时分，已经死亡

谁能彻底地抚摸这个世界的骨骼？

盛夏赞歌

此时，他站在高温下
身体的雾如深邃的眼睛
携带着腐败的滋味
诱导着沸腾的细胞升入阴影
在玻璃下，凝眉似水
盛夏蚕食所有的秘密
他注视着一切可能的白
如那火焰下的舞蹈
如此深情
在盛夏的光里将自身燃烧
太阳，永恒的存在
照样温暖着我们的骨头
伫立、眺望，多余的灵魂
如此纯净。如同赤诚的盛夏
如同这深不可测的天空

家庭手册

多么多余地活，多么多余地生

在词语之内纠缠不清

生命的框架丧失了爱的羽毛

那些尖利的目光

那些悲伤的语言

一起在白色的音乐里死亡

时间的睫毛犹如弯曲的坟墓

抓紧撕裂的皮肤

一切都不重要，过于轻

又过于重

过于普通的石头

将平凡的生活压缩了再压缩

不需要匆忙，只需要捡起

将它们投入水中

那些微不足道的重量

将一切可见的形状压弯、变形

生活再也听不到双重笛音

交换

那白色筑起了围墙
关于夜晚，关于心
那些冷漠的砖
以及影子
支撑黑暗之重

看吧！那些移动的礁石
在想象中的海滩
卷过身体
塞进臃肿的视线
明亮的疼痛贴近耳朵诉说

月光乳白，犹如刀
劈开皮肤
那些泡沫蒸发
遗留的盐
揉进彼此的骨头

低于脚趾，低于洼地
低于水中的礁石
那些尘埃
在空气下，压弯时间
祷告吧！将血与血交换

小贩

一粒粒尘埃，在他们的眼中

犹如揉碎的沙子

从这里移动到那里

反复被驱赶的运命

寄托于背后的温情与希望

如此凄凉，如此破碎

曾经我也是一个小贩

沿街叫卖

那唯一的货品

那唯一的自己

何止于我

还有你

又何尝不是一个小贩？

悄悄地贩卖自身

艰难地寻找

一个可以逃脱的路口

那些根本无法松手的绳索

深深地勒紧他们的胸膛

那些挺拔的拳头和血

冬天的风，可曾穿过？

后记

两个春天

2018 年仲春，某一日，我的朋友王邀我在郑州小聚。因为多年未见及过于深厚的友情，我欣然赴约。郑州"萧记烩面"实属一个口碑绝佳的河南美食品牌。在此相聚，对于个人而言，那天便成了一个可以永远铭记于心的日子。它灿烂非凡、阳光充裕，好友相聚，一份绝佳的情绪，一种难以言说的情愫，潜滋暗长。谁又能够知晓，它与我未来人生的取舍、决断与价值和意义存在莫大的关联呢？据此，我需要深深地感谢他。

那一天，王依然风骨儒雅、气度非凡，又稍带桀骜不驯的味道。于他，这种品质是一贯的，是我们三年同窗期间我早已熟稔的个人魅力与风格。相互寒暄、询问、交流别后情形，彼此了解的其他朋友、同学的近况自不待言，我们述说更多的是关于文学的话题。对于文学抒写的价值和意义，他充满了自我强烈建构的必须、必要、必得的意愿。而且，对于我在文字上的敏感性和创造力，他给予了无限的想象和期待。这对我内心对诗学未来过于悲观的认知产生了巨大的冲击。

就我而言，在当下的话语环境，任何个人的诗学建构都是虚妄和徒劳的。这种虚妄和徒劳的感觉牢牢禁锢了我大学毕业后数十年的心理。诗学的意义如此之轻，如此无关紧要。紧要的事情在于个人活着的需求和状态。其间，我结婚、生子、照顾父母家人、干好本职工作等等，唯独阅读与写作被排除在日常之外。这些微不足道的日常生活令我深感安逸和舒坦。但是，人生较为显著的意义何存？

人生的意义已经没落了。后现代的语言系统下，过眼烟云般的事实就是那些令人沮丧而又荒诞现实的经验式延异、播撒与无限制性的自我分化及不断地异化与僵硬的过程。我们渴望绵延的理想实现。然而，现实的差异与荒诞促使生命的个体趋向于自我的埋没与抛弃。不停触摸与体察的事实以及人与人之间的暧昧与不确定性，一次又一次地冲击着我们对于美好的想象和追问。希望、失望、颠覆，再希望、再失望、再颠覆，止于痛苦的绝望与虚无。这个过程充满了残忍和血腥的搏斗。这是一场有预谋的精准的自我性手术。我们亲手将我们自身肢解、破碎、抛弃。最终，我们只能成为一个简单的虚构性活着的行走的符号性标识而已。

多么惊心，多么凄凉，多么纠缠。

但是，2018 年的春天注定早于个体生命自我内心的发掘和呈现。我的朋友王再一次完成了一种对于他人生命价值的救赎与蜕变。我精确地铭记：王深邃的眼睛以及他随意的穿搭促使我深刻地反躬自省，并重新触摸自我的骨骼与脉络，重新了解自己，重新聆听来自自我心灵中极为深邃的敲击和鸣响。彼时

彼地，卸下彷徨与无奈，梳理混乱、无序的时间与空间，我该
拥有诗，为了防止真理被彻底摧毁和淹没。我在《暗处》写道：

我看见，如此的灯火

消失的光，蒙上微薄的灰烬

细碎的声音如钉

如深夜充满悲伤的痕

没有靠近，那泉，那深潭

那些疤，如虚妄的空谷

一切仅仅发生在黑暗降临之初

多余的暗物质和溪水

拂过身体的洞穴

飘零的梅花与鹅翅

孤绝的力，如此的劲

这是我所写的，即我看见的。我多么渴望，王身体里那些"多
余的暗物质和溪水／拂过身体的洞穴／飘零的梅花与鹅翅／孤
绝的力，如此的劲"，但愿，那些"孤绝的力"持续地照我前行。

基于王，给予我，一切都来得无可辩驳而又安详、宁静如初。

2021 年仲春，张的出现令我产生了对于未来的无限遐想和
深深的纠结与期待。张精致的儒雅与深厚的学养，犹如初春时
节那一股峭拔而又锐利的凉，惊醒了我内心中更多关于诗的细

胞与血脉。他也促使我更多地去观照和打量自身。对于现实诗学存在的意义和作用，我愈发有了更加清晰的认识。初见竟然如此闪亮，他居然让我想到了鼹鼠，想到了叔本华，想到更多无限的符号以及它们输送予我的感受性分化。

从鼹鼠的象征意义出发，叔本华对人生做了如下最恰当的论述：

> 用它硕大的铲状爪子使劲挖洞是它一生唯一的事业；无尽的黑夜笼罩着它……它历经充满困难、毫无乐趣的一生又获得了什么呢？只是食物和繁殖，即在新的个体中继续和重新开始悲惨一生所依赖的途径？

这些象征令我惊诧而又充满向上的力。张善于治学，谨于言行，又具有较为充沛的精力和惊人的毅力。这一点如此重要，如同身体里的结石，影响着我的感知与疼痛。对于他，我写了一篇诗学评论的长文。这个长文确实耗费了我很多精力。然而，更多的阅读和靠近在于时间，越是走近越是警醒，越是采用过多的文字进行叙述，越是令我无法撇清纠缠的情愫。他之于我更加深邃的意义，在于他对诗学的执着与纯粹而又坚定的信仰。他的诗学之光慢慢地融解掉了我对现代诗学存在价值与意义的顽固而又"迂拙"的认知。曾一度幻想，在他的引导与影响下，我可以再一次大胆地挑战人生的极限与另外一种生命意义可能性的尝试。那时那种力如此孤绝，如此奔涌，如此寂静，如此庄重。

对此，我在《海口行记》一诗中写道：

　　其实，它已经不重要了

　　它仅仅就是一个刻意被隐瞒的形式而已

　　裸露的岩石就是一场炭火

　　我们仅仅希望在未来的空间里

　　将这场燃烧彻底地

　　融化于文字的大厦之上

　　这是一场惊心的旅程，是一个精神的抉择，是一种关于生命力的极限挑战，更是一种灵魂的靠近与分化。关于我们，关于诗，关于聆听。虽然，我在说"烈火燃烧掉欲望之眼／大地的语言雕琢着残忍的天空／如此的远，又似如此的近／那些血／正试图染红这个世界／／躲藏在炎热的阴影里／一点点将来时的沉重卸下／是否可以剥掉明年？／／飞机起飞。返程携带着／蕴藏在身体里的空气／除了这些热，什么也没有／洁白犹如来时，依然两手空空"。去时匆匆，回时匆匆。然而，生命的绽放又何止于此呢？张已经深深地影响了我。这种影响更多地带有诗歌自身的意义。但是，之外呢？意义在于令人惊恐的未来。我坚信，在艰难跋涉的诗的路途上，有他的肯定足矣。

　　这是关于两个春天的记忆，也承载了我于诗歌一途成长的足迹。一个在于引诱我走向一条不归而又凹凸的路，一个在于吸引我发掘更多身体里激情的碎片与血脉。它们必将呈于诗、精于诗、甜于诗、耀于诗、铭于诗。感谢它们，更要感谢那些引领我的人。

英国批评家特里·伊格尔顿在《人生的意义》一书中说："在这样一个危险无处不在的世界中，我们追求共同意义的失败过程，既鼓舞斗志，又令人忧虑。"好在，有你，有他，我们一路前行。我坚信，明媚的阳光一定会沐浴我们平凡的身体，馥郁的花香一定会浸透我们卑微的细胞。

现代话语系统之下，可以感动的依然很多，但是更多的存在令人产生焦虑。一个人品质的精粹莫过于此。我在《火诗》中如是写道：

岩石下，还有多少泪和痴情

可以燃烧？那些潭，幽邃的秘密

一点点风蚀掉我的身体

那些灰烬呢？蛇的怀抱下

又一点点将剩余的呼吸攥紧

是他将我推入这诗的世界

如此惶恐，如此凄凉

为何在推我进门的时候

竟如此决绝地将风熄灭？

如此深沉的大地，如此忧郁

看，落日之光灼伤我的眼睛

多余的视线，慢慢将它们收拢

那些金黄的碎屑和光

如烧透的铜管，火诗以及那些

吱吱呀呀的血肉散发着

馥郁的芬芳和浓郁的烟味

它揳入了我的肚子，纠缠肝肠

无休无止，如将利刃从伤口拔出

喷溅的血，如烈焰一样

一首火诗，千万个太阳

终将这古老的土地淬炼成钢

　　我坚信一种"火"的精神，更坚信这种精神存在的必要。火是一种燃烧，象征着一种深沉的爱与善，代表着一种持续的反叛和向上的力。同时，诗是一种持久的耐性，一种永恒的淬炼，一种至善至纯的言说，一种向上的生命力的验证，一种时间中激情的探索和锻造，一种舍我其谁的悲悯。虽然，我们"看不见，帝王蛾／举起双翅，远去的火"（《看见》），但是，诗人依然坚信未来的意义和取舍。

　　最后，还要感谢山西师范大学的刘阶耳老师。他在为本书作的《序》中，对我的诗进行了系统化、全面性而又精准性的分析和点评。并采取类比的手法，将我与一些大诗人的诗乃至精神和追求"同框"，令我感动，也使我极为惶恐，如履薄冰。我几次阅读，都暗自泪流。他如此严谨、如此纯粹、如此澄明，此乃真知音也。一生铭记，无以为报，仅将对诗的永久性忠诚和信仰奉献给他。

我坚信思，更坚信诗；我坚信我，更坚信善以及你们！